Antologia da poesia negra brasileira
O negro em versos

Domingos Caldas Barbosa
Manuel Inácio da Silva Alvarenga
Gonçalves Dias
Luís Gama
Machado de Assis
Gonçalves Crespo
Castro Alves
Cruz e Sousa
Ascenso Ferreira
Lino Guedes
Solano Trindade
Eduardo de Oliveira
Oswaldo de Camargo
Oliveira Silveira
Conceição Evaristo
Adão Ventura
Geni Mariano Guimarães
Arnaldo Xavier
Elisa Lucinda
Paulo Colina
Cuti (Luiz Silva)
Hélio de Assis
Éle Semog
Salgado Maranhão
Deley de Acari
Márcio Barbosa

Edson Robson Alves dos Santos
Edimilson de Almeida Pereira
Luís Carlos de Oliveira
Denise Parma
Cristiane Sobral
Ferréz
José Carlos Limeira
Maria da Paixão
Miriam Alves
Ronald Augusto
Severino Lepê Correia
Sidney de Paula Oliveira

Cordel
Firmino Teixeira do Amaral
Neco Martins
Leandro Gomes de Barros

Música e Poesia
Eduardo das Neves
Pixinguinha e Gastão Viana
Martinho da Vila
Gilberto Gil
Paulinho da Viola
Itamar Assumpção
Chico César

Organização e apresentação de Luiz Carlos dos Santos,
Maria Galas e Ulisses Tavares
1ª edição

© DOS AUTORES E DOS ORGANIZADORES

"A Editora Moderna realizou todas as pesquisas na busca dos eventuais titulares de direitos das obras utilizadas. Na hipótese de créditos faltantes, serão eles incluídos em edições futuras em observância ao artigo 24 da Lei nº 9610/98, reservados eventuais direitos patrimoniais existentes."

COORDENAÇÃO EDITORIAL	María Inés Olaran Múgica
	Maristela Petrili de Almeida Leite
EDIÇÃO DE TEXTO	Erika Alonso
COORDENAÇÃO DE PRODUÇÃO GRÁFICA	André Monteiro, Maria de Lourdes Rodrigues
COORDENAÇÃO DE REVISÃO	Estevam Vieira Lédo Jr.
REVISÃO	Jane dos Santos Coelho Taniguchi
EDIÇÃO DE ARTE, CAPA E PROJETO GRÁFICO	Ricardo Postacchini
DIAGRAMAÇÃO	Camila Fiorenza Crispino
ILUSTRAÇÕES	Eduardo Albini
COORDENAÇÃO DE TRATAMENTO DE IMAGENS	Américo Jesus
TRATAMENTO DE IMAGENS	Fábio N. Precendo
SAÍDA DE FILMES	Hélio P. de Souza Filho, Marcio Hideyuki Kamoto
COORDENAÇÃO DE PRODUÇÃO INDUSTRIAL	Wilson Aparecido Troque
IMPRESSÃO E ACABAMENTO	PSP Digital
LOTE	270639

Dados Internacionais de Catalogação na Publicação (CIP)
(Câmara Brasileira do Livro, SP, Brasil)

Antologia da poesia negra brasileira : o negro em versos / organização e apresentação de Luiz Carlos dos Santos. — 1. ed. — São Paulo : Moderna, 2005. — (Lendo & relendo)

Vários autores.

ISBN 85-15-04760-1

1. Poesia brasileira - Coletâneas I. Santos, Luiz Carlos dos. II. Galas, Maria. III. Ulisses, Tavares. IV. Série.

05-3148 CDD-869.9108

Índices para catálogo sistemático:

1. Antologia : Poesia : Literatura brasileira 869.9108
2. Poesia : Antologia : Literatura brasileira 869.9108

Reprodução proibida. Art.184 do Código Penal e Lei 9.610 de 19 de fevereiro de 1998.

Todos os direitos reservados

EDITORA MODERNA LTDA.
Rua Padre Adelino, 758 - Belenzinho
São Paulo - SP - Brasil - CEP 03303-904
Vendas e Atendimento: Tel. (11) 2790-1300
www.modernaliteratura.com.br
2018
Impresso no Brasil

SUMÁRIO

POESIA NEGRA E UMA VISÃO REVELADORA
DO BRASIL — OSWALDO DE CAMARGO 11

I. CALDAS DE COBRE (SÉCULO XVIII) 21
    DOMINGOS CALDAS BARBOSA 23
    Lundum de cantigas vagas 23

    MANUEL INÁCIO DA SILVA ALVARENGA 25
    O cajueiro 25

II. QUEM SOU EU? (SÉCULO XIX) 27
    GONÇALVES DIAS 29
    A escrava 29

    LUÍS GAMA 33
    Quem sou eu? 33

    MACHADO DE ASSIS 38
    Sabina 38

    GONÇALVES CRESPO 41
    As velhas negras 41

    CASTRO ALVES 44
    Bandido negro 44

CRUZ E SOUSA 48
Crianças negras 48

III. À "NEGRADA DISTORCIDA"(SÉCULO XX – ATÉ 1960) 51

ASCENSO FERREIRA 53
Maracatu 53

LINO GUEDES 54
Dedicatória 54
Novo rumo! 55

IV. SOU NEGRO (SÉCULO XX – ATÉ OS DIAS ATUAIS) 57

SOLANO TRINDADE 60
Minha família 60
Olorum Ekê 61
Sou negro 62

EDUARDO DE OLIVEIRA 64
Banzo 64

OSWALDO DE CAMARGO 66
Festa do Juvenal 66
Oferenda 69

OLIVEIRA SILVEIRA 70
Encontrei minhas origens 70
Mãe-preta 71

CONCEIÇÃO EVARISTO 72
Do velho e do jovem 72
Vozes-mulheres 74

ADÃO VENTURA 76
Comensais 76
Faça sol ou faça tempestade 77

GENI MARIANO GUIMARÃES 78
Integridade 78

ARNALDO XAVIER 80
São Pálido 80

ELISA LUCINDA 81
Ashell, ashell pra todo mundo, ashell 81
Mulata exportação 83

PAULO COLINA 85
Forja 85
Corpo a corpo 86

CUTI (Luiz Silva) 87
Ferro 87
Passagem 88
Porto-me estandarte 89

HÉLIO DE ASSIS 90
De que cor será sentir? 90

ÉLE SEMOG 91
Ponto histórico 91

SALGADO MARANHÃO 92
Historinhas do Brasil para principiantes 92
Deslimetes 10 93

DELEY DE ACARI 95
Inimigo do arco-íris 95

MÁRCIO BARBOSA 96
Sou do gueto 96
Nossa gente 98

EDSON ROBSON ALVES DOS SANTOS 100
Onde nasceram meus amores 100

EDIMILSON DE ALMEIDA PEREIRA 101
Santo Antônio dos crioulos 101
Sabedoria 102

LUÍS CARLOS DE OLIVEIRA 103
Ebulição da escravatura 103

DENISE PARMA 105
Tambores do Congo 105

CRISTIANE SOBRAL 106
Petardo 106

FERRÉZ 107
Faz eles rí 107

JOSÉ CARLOS LIMEIRA 109
Para Domingos Jorge Velho 109

MARIA DA PAIXÃO 110
Careço 110

MIRIAM ALVES 111
Genegro 111

RONALD AUGUSTO 112
   Quando negro dá risada 112

SEVERINO LEPÊ CORREIA...................................... 113
   Gato escondido... 113

SIDNEY DE PAULA OLIVEIRA 115
   Pretodo.. 115
   Afrodite 115

V. O NEGRO NO CORDEL E NA MÚSICA POPULAR BRASILEIRA 117

CORDEL 120

1. FIRMINO TEIXEIRA DO AMARAL............................ 120
   Excertos da Peleja do Cego Aderaldo
   com Zé Pretinho.. 120

2. NECO MARTINS.. 123
   Desafio de Neco Martins com Xica Barrosa................. 123

3. LEANDRO GOMES DE BARROS............................ 127
   Romano e Inácio da Catingueira 127

MÚSICA E POESIA 131
   EDUARDO DAS NEVES 139
      O creoulo.. 139

   PIXINGUINHA E GASTÃO VIANA 143
      Yaô... 143

MARTINHO DA VILA 144
Brasil mulato 144

GILBERTO GIL 145
De Bob Dylan a Bob Marley (um samba provocação) . 145

PAULINHO DA VIOLA 147
Zumbido 147

ITAMAR ASSUMPÇÃO 148
Nego Dito 148

CHICO CÉSAR 150
Mama África 150

VI. A FALA DOS ORGANIZADORES 151
Este livro vale por muitos — Maria Galas 151
Três séculos e um pouquinho de poesia e poetas
negros — Luiz Carlos dos Santos 155
O que um branquelo está fazendo aqui? —
Ulisses Tavares.. 159

VII. NOTAS BIOGRÁFICAS 162

VIII. REFERÊNCIAS BIBLIOGRÁFICAS 179

POESIA NEGRA E UMA VISÃO REVELADORA DO BRASIL

O *negro em versos*, que a Editora Moderna ora apresenta ao público em geral, mas sobretudo ao estudante que deseja saber como se expressa o escritor afro-brasileiro neste país, é mais um passo rumo ao que podemos chamar de consolidação do negro como tema em nossas Letras.

Nada mais natural que o negro seja escolhido como tema e exponha sua fala (a falta dela foi por muito tempo uma notável aberração nacional e caracterizou, durante todo o regime de escravidão, o homem negro ou afro-brasileiro que, servo, era inerente à sua condição estar destituído de "personalidade", isto é, não ter corpo, nem antepassado, nem nome, nem cognome, nem bens próprios). (Exponho comentário de Lilia Moriz Schwartz, encontrado no livro *Retrato* em *Branco e Negro — Jornais, escravos e cidadãos em São Paulo no final do século XIX.*)

Mas sempre houve estudiosos atentos a essa anomalia e mínima atenção. Afinal, desde a Antiguidade o mundo ocidental se confrontou ou mesmo dialogou com etíopes (o nome mais comum para africanos em tempos recuados da História) ou com os que, saídos da África, como escravos, carregavam na memória e nos hábitos sua alma, falas, rituais, usanças, timbre de voz, costumes, em resumo, sua humanidade.

Antes de comentarmos, com brevidade, o conteúdo deste livro, queremos lembrar trecho do *Compêndio de História da Literatura Brasileira*, de Sílvio Romero e João Ribeiro, publicado no Rio de Janeiro em 1909:

Sobre a quase ausência do negro na Literatura Brasileira até o século XIX, comentam: "era uma anomalia a ser notada por toda a gente: na Literatura Brasileira, a raça negra, apesar de ter contribuído com um grande número de habitantes do País, de ser o principal fator de nossa riqueza, de se haver entrelaçado imensamente na vida familiar, de estar por toda a parte em suma, nunca fora assunto predileto dos nossos poetas, romancistas e dramaturgos. O índio e o branco obtiveram sempre a preferência; e mais tarde os mestiços, principalmente os de certa ordem, sob os nomes de sertanejos, matutos, tabaréus e caipiras, tiveram também seu quinhão nas atenções gerais dos literatos. Ninguém, durante séculos, se lembrou do negro, nem como ente humano, nem mesmo como escravo. Só muito modernamente raríssimos deles se ocuparam de passagem e sempre como motivo para declamações fugitivas. (...) Escusado é falar da *A escrava*

Isaura, de Bernardo Guimarães, porque a interessante filha da imaginação do poeta mineiro era uma verdadeira branca escravizada".

Na contramão da ausência ou esquecimento, *O negro em versos*, somando-se aos trabalhos de estudiosos nacionais e estrangeiros que sobretudo no século XX se debruçaram sobre a temática afro-brasileira, entre eles Roger Bastide, Edson Carneiro (*Antologia do Negro Brasileiro*), Zilá Berndt, Raymond Sayers, é uma reunião substanciosa de parte do que se escreveu centrado sobre o negro. No entanto, já sinal de novos tempos, quem expõe o tema e escolhe o que decide falar sobre si mesmo é o próprio negro. Ou, se não diz a respeito de si mesmo, versa, com sua mão e imaginação afras, o tema escolhido para esta coletânea.

Tal é o caso de "Sabina", de Machado de Assis, versos que ainda não apareceram nas antologias de temática negra que têm saído no país.

Machado que, se considerado negro, seria um mestiço de "terceira mão" (no século XIX se dizia de "primeira mão" ou de "segunda mão", conforme fosse mais ou menos carregado de pretidão o rosto do indivíduo), como bom poeta parnasiano olha de fora e com certa frieza o drama da pobre Sabina:

"Sabina era mucama da fazenda;/ Vinte anos tinha; e na província toda/ Não havia mestiça mais à moda,/ Com suas roupas de cambraia e renda".

Têm os versos de "Sabina" o mérito de propor a suspeita de que Machado de Assis se interessou, sim, pela temática do negro ou do mestiço em nossa Literatura.

Mas antes de Machado de Assis, no século XVIII, já aparece o "eu" negro dizendo de suas desditas, pelo menos no amor. "Lundum de Cantigas Vagas", do mulato Domingos Caldas Barbosa, que aqui se publica, é um texto famoso e, digamos, que salta da poesia do século XVIII como o mais característico poema de um afro-brasileiro. Ao lado do "Lundum", são de notar estes versos de Caldas, dirigindo-se a um seu xará branco: "Tu és Caldas, eu sou Caldas;/Tu és rico, e eu sou pobre;/ Tu és o Caldas de prata;/ Eu sou o Caldas de cobre".

Gonçalves Dias é um mestiço de índio, branco e negro. Cobram-lhe um olhar mais demorado sobre a temática negra, sonhando que fosse ao menos um terço do que colocou no seu repertório indianista. Importante nesta coletânea, pelo que representa o poeta, considerado por muitos o maior de nossa literatura, é o aparecimento, na íntegra, do seu poema "A Escrava", lamento romântico nos lábios de uma negra cativa que volve a memória para o seu país, o Congo. (No século XIX o Congo era a representação ou o imaginário de toda a África. As congadas estão ainda aí para provar.)

O negro em versos, portanto, na escolha de seus textos, remete para a história do negro sobre o chão brasileiro. São recorrentes — estamos tentando demonstrar — nomes como o do acima referido Caldas Barbosa, Luís Gama, Gonçalves Dias, Machado de Assis...

Poucos nomes — pode-se argumentar. Poucos, e sintoma da situação do negro brasileiro que, por muito tempo, representando o vazio social, não pôde merecer uma Literatura.

No entanto, estamos nos referindo a alguns nomes que, necessariamente, para "convencer" em Literatura Brasileira, isto é, mostrar e provar competência nas letras, deviam passar pelo cadinho da linguagem, dicção, inflexão do branco. Não se esquecer, no entanto, que nesse tempo todo está sendo vivida pelo negro brasileiro, sem a necessidade de convencimento sancionada pelos que detinham o sentido do que era Belo, literariamente louvável, de acordo com as normas, uma dicção cheia de negrice, acentos de linguagem com memória tribal, africanismos que ninguém sabia escrever e, muitas das vezes, nem entendida em seu sentido original... Literatura oral!

Caldas Barbosa, no século XVIII, com seu livro *Viola de Lereno*, já estava perto disso e houve mesmo pesquisador que, colhendo versos entre o povo, descobriu coisas dele de tal modo misturadas com as da plebe que fora como se dela tivessem nascido...

Por tudo isso, *O negro em versos* tem que ser visto como uma reunião de poemas que nos mostra um tanto das soluções que o negro escritor, sobretudo no século XX, tem dado à sua necessidade de mostrar a cara negra junto à Literatura que "convence", isto é, a escrita por brancos e que já está aí desde o início, desde Portugal, desde o Descobrimento, desde a luta e a traição que sofreu Zumbi dos Palmares, desde a Abolição... "Convencer" quem? Os que sabem ler, ora!, em meio dos quais se acha uma razoável faixa da população negra brasileira.

Se se examinar por esse ângulo, cremos, entende-se melhor *O negro em versos*, que no século XIX vai ter em Luís Gama, o poeta de *Primeiras trovas burlescas de Getulino*, o melhor perguntador e respondedor sobre a questão racial brasileira, enrolada desde o início, uma confusão que agradava a muita gente, porque não exigia responsabilidade nenhuma na solução dos problemas do negro brasileiro.

Seus pseudônimos são de um negro abertamente livre e exibindo liberdade: Afro — africano; Getulino — natural da Getúlia, que foi na Antiguidade, na África do Norte, um território de negros que os conquistadores romanos, presentes ali nos anos 200 depois de Cristo, pouco conseguiram influenciar com sua língua, religião etc. Luís Gama, no século XIX, faz a pergunta primordial: "Quem sou eu?" Confessa, irônico, que "no pletro anda mofino", isto é, sua inspiração não lhe tem dado muita alegria, mas que, diante da necessidade de "convencimento" ante a Literatura do branco, encontrou, sim, uma solução, que é patentear o engodo que o branco digere quando afirma a si mesmo que é racialmente um "puro", um "sem-negro". E provoca: "Se negro sou, ou se bode,/ Pouco importa. O que isto pode?/ Bodes há de toda a casta,/ Pois que a espécie é muito vasta.../ Há cinzentos, há rajados,/ Baios, pampas e malhados,/ Bodes negros, bodes brancos,/ E, sejamos todos francos,/ Uns plebeus, e outros nobres,/ Bodes sábios, importantes,/ E também alguns tratantes...".

Quem penetrar nos interstícios ricamente adjetivados dos versos de "Quem sou eu?", ou, como também o chamam, "Bodarrada", vai entender muito das veleidades raciais que impregnaram a sociedade brasileira no século XIX, século da formação do país (Independência, Abolição, República), e vai perceber a lição que Luís Gama continua apresentando aos poetas afro-brasileiros envolvidos com uma dicção negra.

O negro em versos, parece-nos, é, no momento, a mais abrangente reunião de textos contemporâneos de autores afro-brasileiros dizendo de si mesmos. Com os precedentes de Luís Gama, Gonçalves Crespo ("As velhas negras"), passando por "Crianças negras", de Cruz e Sousa, que demonstra aí, como já o fizera com "Litania dos pobres", sua preocupação social acentuadíssima, os autores que continuam produzindo após Lino Guedes, após Mário de Andrade (um escuro de "segunda mão" ou "primeira"?, que, por razões contratuais, está ausente desta antologia), ou Ascenso Ferreira, que achamos ser bem mais um "impregnado de negro" do que negro verdadeiro, têm, no geral, marcas raciais muito explícitas.

Assim, lê-se no poema "Petardo", com que Cristiane Sobral arremete: "Escrevi aquela estória escura sim./ Soltei meu grito crioulo sem medo,/ para você saber:/ Faço questão de ser negra nessa cidade descolorida, doa a quem doer./ Faço questão de empinar meu cabelo cheio de poder./ Encresparei sempre,/ em meio a esta noite embriagada de trejeitos brancos e fúteis".

Note-se: ante a Literatura que o branco escreve, não há mais necessidade de procurar, lá, convencimento literário.

De Conceição Evaristo deve-se reter um lembrete para que se fique atento e para que a Literatura leve ao melhor resultado: "O que os livros escondem,/ as palavras ditas libertam".

Em "Ashell, ashell pra todo mundo, ashell", de Elisa Lucinda, esta provocação: "Mas que nega linda/ E de olho verde ainda/ Olho de veneno e açúcar! Vem nega, vem ser minha desculpa/ Vem que aqui dentro ainda te cabe/ Vem ser meu álibi, minha bela conduta/ Vem, nega exportação, vem meu pão de açúcar!".

Como o leitor vai percorrer *O negro em versos* todo, furto-me de transcrever, como desejara, o poema inteiro de Lucinda.

Portanto, os autores desta antologia, mesmo sem a intenção, remetem a certos trechos históricos do viver, da angústia e da esperança do negro brasileiro.

Desse modo, para nos determos em apenas dois exemplos: Solano Trindade, o que educou o povo negro para apreciar o cheiro e o sabor de um poema; Cuti (Luiz Silva), atual, com o alerta: Olha o ferro marcando! Isso mesmo, pois "Primeiro o ferro marca/ a violência nas costas./ Depois o ferro alisa/ a vergonha nos cabelos./ Na verdade o que se precisa/ é jogar o ferro fora/ e quebrar todos os elos/ dessa corrente/ de desesperos.

Haja poemas de negros!

A novidade deste livro são os textos de "Cordel e Música Popular Brasileira". Lembramos: sem necessidade alguma de confrontar-se com o que o branco escrevia ou escreve transcorreu e transcorre a literatura oral; finca-se, como intermediária dele, a poesia popular.

Por isso, para corroborar o que afirmamos, note-se nesta seção de *O negro em versos* o excelente lance que é a publicação do texto "O creoulo", do cantor, poeta, palhaço e bombeiro Eduardo das Neves: "Quando eu era molecote,/ Que jogava o meu pião,/ Já tinha certo jeitinho/ Para tocar violão./ Quando eu ouvia,/ Com harmonia,/ A melodia (...) As moreninhas/ ficam gostando/ De ver o creoulo/ Preludiar".

Com excertos da *Peleja do Cego Aderaldo com Zé Pretinho*, *Desafio de Neco Martins com Xica Barrosa*, passando por textos de música de Gilberto Gil, Itamar Assumpção, Paulinho da Viola, Chico César, com o extraordinário "Mama África", além de Pixinguinha e de Martinho da Vila, fecha-se esta nova e original antologia.

Felizmente, para todo o efeito, para se tentar de novo, com Literatura, mais um pensar fundo sobre coisas brasil-negras, para que Cruz e Sousa, redivivo, possa reescrever o seu poema "Crianças negras", agora em um contexto de contentamento, sorriso e esperança; para que, conhecendo a lição de Luís Gama, os deste país entendam quem verdadeiramente são. Felizmente, dizia eu (êta viciozinho de estilo!), o "poema continua um quilombo no coração", como expressou nosso amigo quilombola e poeta atento Paulo Colina.

É o que prova, cremos, este *O negro em versos*.

Oswaldo de Camargo

Oswaldo de Camargo nasceu em Bragança Paulista, SP, em 1936. Dos 12 aos 17 anos estudou no Seminário Menor Nossa Senhora da Paz, em São José do Rio Preto, de onde saiu em 1954. Estudou piano e harmonia no Conservatório Santa Cecília, em São Paulo.

É herdeiro das buscas culturais de negros que, no início do século XX, iniciaram a reavaliação da situação do elemento afro-brasileiro e partiram para uma tentativa de inseri-lo social e culturalmente, tendo como armas sobretudo agremiações de cultura, jornais alternativos para a coletividade, teatro negro, a Literatura, sobretudo escrita por poetas de temática afro-brasileira, como Lino Guedes e Solano Trindade.

Estreou, em 1959, com o livro de poemas *Um homem tenta ser anjo*, no tempo em que era diretor de cultura da Associação Cultural do Negro, em São

Paulo, e trabalhava como revisor no jornal *O Estado de S. Paulo*, empresa em que iniciou carreira no jornalismo em 1955. O segundo livro, *15 poemas negros*, é de 1961, marcado por um prefácio de Florestan Fernandes. Na prosa, estreou com o livro de contos *O carro do êxito*, de 1972, seguido da novela *A descoberta do frio*, de 1978, e os poemas de *O estranho*, de 1984.

Em 1987 teve editado pela Secretaria de Estado da Cultura o livro *O Negro Escrito — apontamentos sobre a presença de negros e mulatos na literatura brasileira*.

Tem poemas e contos traduzidos para o alemão, francês, inglês e espanhol.

Recebeu em 1998, da Secretaria de Cultura de Santa Catarina, a "Medalha Cruz e Sousa", pelas publicações e estudos em jornais e revistas sobre a obra do poeta. É funcionário da Imprensa Oficial do Estado e consultor de Literatura para o Museu Afro Brasil, em São Paulo.

I. CALDAS DE COBRE (SÉCULO XVIII)

No século XVIII, a vida econômica da colônia deslocou-se da região Nordeste para a região Centro-sul. A descoberta de ouro e, posteriormente, de diamantes em Minas Gerais fez com que a população da região crescesse de forma vertiginosa, gerando intenso processo de urbanização. A proibição da presença das ordens religiosas nesses lugares, que exerciam total influência notadamente nas artes plásticas e na música, dava à produção cultural ares de autonomia. Se antes ela era totalmente ligada aos modelos da metrópole, agora ganhava contornos próprios.

A quase totalidade dos trabalhadores era escrava, mas "a mulataria" era quem criava e executava a maioria dos trabalhos de estatuária e douração das igrejas. Mestre Valentim, no Rio de Janeiro, e o Aleijadinho, em Minas Gerais, são os grandes exemplos do período. Também na música predominam negros e mulatos. Caldas Barbosa foi um poeta e músico aclamado popularmente. Seus versos viviam na boca do povo a ponto de serem confundidos com a produção anônima, conferindo-lhe assim a maior consagração que um artista pode esperar de seu público. Ele levou seus lundus e modinhas para Portugal, causando verdadeiro furor nos salões de Lisboa.

Esse fato aparentemente irrelevante tem grande força histórica. Mário de Andrade acentuou a importância do lundu, por ter sido a primeira música negra a entrar no mundo dos brancos; antes disso, as músicas, as danças e as festas do negro eram vistas com desdém.

Se nos versos de Caldas Barbosa aparecem referências ao negro, em Manuel da Silva Alvarenga nem o mais leve sinal de sua condição racial se faz presente. Essas diferenças de comportamento entre poetas e escritores negros ou mulatos seriam uma constante na nossa história e marcariam a evolução das lutas de libertação do negro.

Domingos Caldas Barbosa

LUNDUM DE CANTIGAS VAGAS

Xarapim eu bem estava
Alegre nest'aleluia,
Mas para fazer-me triste
Veio Amor dar-me na cuia.

Não sabe meu Xarapim
O que amor me faz passar,
Anda por dentro de mim
De noite e dia a ralar.

Meu Xarapim já não posso
Aturar mais tanta arenga,
O meu gênio deu à casca
Metido nesta moenga.

Amor comigo é tirano
Mostra-me um modo bem cru,
Tem-me mexido as entranhas
Qu'estou todo feito angu.

Se visse o meu coração
Por força havia ter dó,
Porque o Amor o tem posto
Mais mole que quingombô.

Tem nhanhá certo nhonhó,
Não temo que me desbanque,
Porque eu sou calda de açúcar
E ele apenas mel do tanque.

Nhanhá cheia de cholices
Que tantos quindins afeta,
Queima tanto a quem a adora
Como queima a malagueta.

Xarapim tome o exemplo
Dos casos que vêm em mim,
Que se amar há-de lembrar-se
Do que diz seu Xarapim.

Estribilho
Tenha compaixão
Tenha dó de mim,
Porqu'eu lho mereço
Sou seu Xarapim.

Manuel Inácio da Silva Alvarenga

O CAJUEIRO

Rondó III

Cajueiro desgraçado,
A que Fado te entregaste,
Pois brotaste em terra dura
Sem cultura, e sem senhor!

No teu tronco pela tarde,
Quando a luz no Céu desmaia,
O novilho a testa ensaia,
Faz alarde do valor.

Para frutos não concorre
Este vale ingrato, e seco;
Um se enruga murcho, e peco,
Outro morre ainda em flor.

Cajueiro desgraçado,
A que Fado te entregaste,
Pois brotaste em terra dura
Sem cultura, e sem senhor!

Vês nos outros rama bela,
Que a Pomona por tributos
Oferece doces frutos
De amarela, e rubra cor?

Ser copado, ser florente
Vem da terra preciosa;
Vem da mão industriosa
Do prudente Agricultor.

Cajueiro desgraçado,
A que Fado te entregaste,
Pois brotaste em terra dura
Sem cultura, e sem senhor!

Fresco orvalho os mais sustenta
Sem temer o Sol ativo;
Só ao triste semivivo
Não alenta o doce humor.

Curta folha mal te veste
Na estação do lindo agosto,
E te deixa nu, e exposto
Ao celeste intenso ardor.

Cajueiro desgraçado,
A que Fado te entregaste,
Pois brotaste em terra dura
Sem cultura, e sem senhor!

Mas se estéril te arruínas
Por destino te conservas,
E pendente sobre as ervas
Mudo ensinas ao Pastor,

Que a Fortuna é quem exalta,
Quem humilha o nobre engenho:
Que não vale humano empenho,
Se lhe falta o seu favor.

Cajueiro desgraçado,
A que Fado te entregaste,
Pois brotaste em terra dura
Sem cultura, e sem senhor!

II. QUEM SOU EU? (SÉCULO XIX)

A pergunta *Quem sou eu?*, feita já no título do poema de Luís Gama, expressa as inquietações e transformações que tomam conta da brasilidade em formação. Uma nova ordem social está sendo construída na Europa e suas palavras de mando chegam por aqui.

Liberdade, Igualdade e Fraternidade resvalam em uma sociedade escravista e em crise. A Colônia vira Império e este continua vivendo do trabalho escravo. O Romantismo corre atrás daqueles que seriam os primeiros brasileiros.

Os índios e os negros são referências fortes. Para expressar as angústias, sentimentos, sonhos e lutas, ao longo de nossa história, os negros e mestiços também se valeram da literatura e juntaram-se ao clamor social, mais geral, por mudanças e, ao mesmo tempo, procurando fixar uma identidade não só nacional e estética, mas, principalmente, racial.

Nesse contexto de muitas misturas étnicas, marcado pela escravidão do homem negro feita pelo branco, a luta pela liberdade virá acompanhada da sua irmã identidade e vai lançar as grandes questões para a nova sociedade brasileira. Portanto, a questão que Luís Gama levanta no seu famoso "Bodarrada" parte dos negros para os brancos, fazendo-nos pensar que a partir de *Quem sou eu?* é que devemos identificar *Quem somos nós?*

Gonçalves Dias

A ESCRAVA

O biem qu'aucun bien ne peut rendre!
Patrie! doux nom que l'exil fait comprendre!
                                    Marino Faliero

Oh! Doce país de Congo,
Doces terras d'além-mar!
Oh! dias de sol formoso!
Oh! noites d'almo luar!

Desertos de branca areia
De vasta, imensa extensão,
Onde livre corre a mente,
Livre bate o coração!

Onde a leda caravana
Rasga o caminho passando,
Onde bem longe se escuta
As vozes que vão cantando!

Onde longe inda se avista
O turbante muçulmano,
O Iatagã recurvado,
Preso à cinta do Africano!

Onde o sol na areia ardente
Se espelha, como no mar;
Oh! doces terras do Congo,
Doces terras d'além-mar!

———

Quando a noite sobre a terra
Desenrolava o seu véu,
Quando sequer uma estrela
Não se pintava no céu;

Quando só se ouvia o sopro
De mansa brisa fagueira,
Eu o aguardava — sentada
Debaixo da bananeira.

Um rochedo ao pé se erguia,
Dele à base uma corrente
Despenhada sobre pedras,
Murmurava docemente.

E ele às vezes me dizia:
— Minha Alsgá, não tenhas medo:
Vem comigo, vem sentar-te
Sobre o cimo do rochedo.

E eu respondia animosa:
— Irei contigo, onde fores!
E tremendo e palpitando
Me cingia aos meus amores.

Ele depois me tornava
Sobre o rochedo — sorrindo:
— As águas desta corrente
Não vês como vão fugindo?

Tão depressa corre a vida,
Minha Alsgá; depois morrer
Só nos resta!... — Pois a vida
Seja instantes de prazer.

Os olhos em torno volves
Espantados — Ah! também
Arfa o teu peito ansiado!...
Acaso temes alguém?

Não receies de ser vista,
Tudo agora jaz dormente;
Minha voz mesmo se perde
No fragor desta corrente.

Minha Alsgá, por que estremeces?
Por que me foges assim?
Não te partas, não me fujas,
Que a vida me foge a mim!

Outro beijo acaso temes,
Expressão de amor ardente?
Quem o ouviu? — o som perdeu-se
No fragor desta corrente.

Assim praticando amigos
A aurora nos vinha achar!
Oh! doces terras de Congo,
Doces terras d'além-mar!

———

Do ríspido senhor a voz irada
Rábida soa,
Sem o pranto enxugar a triste escrava
Pávida voa.

Mas era em mora por cismar na terra,
Onde nascera,
Onde vivera tão ditosa, e onde
Morrer devera!

Sofreu tormentos, porque tinha um peito,
Qu'inda sentia;
Mísera escrava! no sofrer cruento,
Congo! dizia.

Luís Gama

QUEM SOU EU?

Quem sou eu? Que importa quem?
Sou um trovador proscrito,
Que trago na fronte escrito,
Esta palavra — "Ninguém!" —
            A. E. Zaluar — *"Dores e Flores"*

Amo o pobre, deixo o rico,
Vivo como o Tico-tico;
Não me envolvo em torvelinho.
Vivo só no meu cantinho:
Da grandeza sempre longe
Como vive o pobre monge.
Tenho mui poucos amigos,
Porém bons, que são antigos,
Fujo sempre à hipocrisia,
À sandice, à fidalguia;
Das manadas de Barões?
Anjo Bento, antes trovões.
Faço versos, não sou vate,
Digo muito disparate,
Mas só rendo obediência
À virtude, à inteligência:
Eis aqui o Getulino
Que no pletro anda mofino.
Sei que é louco e que é pateta
Quem se mete a ser poeta;

Que no século das luzes,
Os birbantes mais lapuzes,
Compram negros e comendas,
Têm brasões, não — das *Kalendas*,
E, com tretas e com furtos
Vão subindo a passos curtos;
Fazem grossa pepineira.
Só pela arte do Vieira,
E com jeito e proteções,
Galgam altas posições!
Mas eu sempre vigiando
Nessa súcia vou malhando
De tratante, bem ou mal,
Com semblante festival.
Dou de rijo no pedante
De pílulas fabricante,
Que blasona arte divina,
Com sulfatos de quinina,
Trabusanas, xaropadas,
E mil outras patacoadas,
Que, sem pingo de rubor
Diz a todos que é DOUTOR!
Não tolero o magistrado,
Que do brio descuidado,
Vende a lei, trai a justiça.
— Faz a todos injustiça —
Com rigor deprime o pobre
Presta abrigo ao rico, ao nobre,
E só acha horrendo crime
No mendigo, que deprime.
— Neste dou com dupla força.
Té que a manha perca ou torça.
Fujo às léguas do lojista,
— Do beato e do sacrista —
Crocodilos disfarçados,
Que se fazem muito honrados

Mas que, tendo ocasião,
São mais feros que o Leão.
Fujo ao cego lisonjeiro,
Que, qual ramo de salgueiro,
Maleável, sem firmeza,
Vive à lei da natureza;
Que, conforme sopra o vento,
Dá mil voltas num momento.
O que sou, e como penso,
Aqui vai com todo o senso,
Posto que já veja irados
Muitos lorpas enfunados,
Vomitando maldições,
Contra as minhas reflexões.
Eu bem sei que sou qual Grilo,
De maçante e mau estilo;
E que os homens poderosos
Desta arenga receosos
Hão de chamar-me *Tarelo*,
Bode, negro, *Mongibelo*;
Porém eu que não me abalo,
Vou tangendo o meu badalo
Com repique impertinente,
Pondo a trote muita gente.
Se negro sou, ou se bode
Pouco importa. O que isto pode?
Bodes há de toda a casta,
Pois que a espécie é muito vasta...
Há cinzentos, há rajados,
Baios, pampas e malhados,
Bodes negros, bodes brancos,
E, sejamos todos francos,
Uns plebeus, e outros nobres,
Bodes ricos, bodes pobres,
Bodes sábios, importantes,
E também alguns tratantes...

Aqui, nesta boa terra,
Marram todos, tudo berra;
Nobres Condes e Duquesas,
Ricas Damas e Marquesas,
Deputados, senadores,
Gentis-homens, vereadores;
Belas Damas emproadas,
De nobreza empantufadas;
Repimpados principotes,
Orgulhosos fidalgotes,
Frades, Bispos, Cardeais,
Fanfarrões imperiais,
Gentes pobres, nobres gentes
Em todos há meus parentes.
Entre a brava militança
Fulge e brilha alta bodança;
Guardas, Cabos, Furriéis,
Brigadeiros, Coronéis,
Destemidos Marechais,
Rutilantes Generais,
Capitães de mar e guerra,
— Tudo marra, tudo berra —
Na suprema eternidade,
Onde habita a Divindade,
Bodes há santificados,
Que por nós são adorados.
Entre o coro dos Anjinhos
Também há muitos bodinhos
O amante de *Syringa*
Tinha pelo e má catinga;
O deus Mendes, pelas costas,
Na cabeça tinha pontas;
Jove quando foi menino,
Chupitou leite caprino;
E, segundo o antigo mito,
Também Fauno foi cabrito.

Nos domínios de Plutão,
Guarda um bode o Alcorão;
Nos lundus e nas modinhas
São cantadas as bodinhas:
Pois se todos têm rabicho,
Para que tanto capricho?
Haja paz, haja alegria,
Folgue e brinque a bodaria;
Cesse pois a matinada,
Porque tudo é bodarrada! —

Machado de Assis

SABINA

Sabina era mucama da fazenda;
Vinte anos tinha; e na província toda
Não havia mestiça mais à moda,
Com suas roupas de cambraia e renda.

Cativa, não entrava na senzala,
Nem tinha mãos para o trabalho rude;
Desbrochava-lhe a sua juventude
Entre carinhos e afeições de sala.

Era cria da casa. A sinhá moça,
Que com ela brincou sendo menina,
Sobre todas amava esta Sabina,
Com esse ingênuo e puro amor da roça.

Dizem que à noite, a suspirar na cama,
Pensa nela o feitor; dizem que, um dia
Um hóspede que ali passado havia
Pôs um cordão no colo da mucama.

Mas que vale uma joia no pescoço?
Não pôde haver o coração da bela.
Se alguém lhe acende os olhos de gazela,
É pessoa maior: é o senhor moço.

Ora, Otávio cursava a Academia.
Era um lindo rapaz: a mesma idade
Coas passageiras flores o adornava
De cujo instinto aroma inda a memória
Vive na tarde pálida de outono.
Oh! Vinte anos! Ó pombas fugitivas
Da primeira estação, por que tão cedo
Voais de nós? Pudesse ao menos a alma
Guardar consigo as ilusões primeiras,
Virgindade sem preço que não paga
Essa descolorida, árida e seca
Experiência do homem!

    Vinte anos
Tinha Otávio, e a beleza e um ar de corte,
E o gesto nobre, e sedutor o aspecto;
Um vero Adônis, como aqui diria
Algum poeta clássico, daquela
Poesia que foi nobre, airosa e grande
Em tempos idos, que ainda bem se foram...

(...)

Súbito erige o corpo a ingênua virgem.
Com as mãos, os cabelos sobre a espádua
Deita, e rasgando lentamente as ondas
Para a margem caminha, tão serena,
Tão livre como quem de estranhos olhos
Não suspeita a cobiça... Véu da noute,
Se lhos cobrira, dissipara acaso
Uma história de lágrimas. Não pode
Furtar-se Otávio à comoção que o toma;
A clavina que a esquerda mal sustenta
No chão lhe cai; e o baque surdo acorda
A descuidada nadadora. Às ondas
A virgem torna. Rompe Otávio o espaço
Que os divide; e de pé, na fina areia,

Que o mole rio lambe, erecto e firme,
Todo se lhe descobre. Um grito apenas
Um só grito, mas único, lhe rompe
Do coração; terror, vergonha... e acaso
Prazer, prazer misterioso e vivo
De cativa que amou silenciosa,
E que ama e vê o objeto de seus sonhos,
Ali com ela, a suspirar por ela.

(...)

Gonçalves Crespo

AS VELHAS NEGRAS

As velhas negras, coitadas,
Ao longe estão assentadas
Do batuque folgazão.
Pulam crioulas faceiras
Em derredor das fogueiras
E das pipas de alcatrão.

Na floresta rumorosa
Esparge a lua formosa
A clara luz tropical.
Tremeluzem pirilampos
No verde-escuro dos campos
E nos côncavos do val.

Que noite de paz! Que noite!
Não se ouve o estalar do açoite,
Nem as pragas do feitor!
E as pobres negras, coitadas,
Pendem as frontes cansadas
Num letárgico torpor!

E cismam: outrora, e dantes
Havia também descantes,
E o tempo era tão feliz!
Ai que profunda saudade
Da vida, da mocidade
Nas matas do seu país!

E ante o seu olhar vazio
De esperanças, frio, frio
Como um véu de viuvez,
Ressurge e chora o passado
— Pobre ninho abandonado
Que a neve alagou, desfez...

E pensam nos seus amores
Efêmeros como as flores
Que o sol queima no sertão...
Os filhos quando crescidos,
Foram levados, vendidos,
E ninguém sabe onde estão.

Conheceram muito dono:
Embalaram tanto sono
De tanta sinhá gentil!
Foram mucambas amadas,
E agora inúteis, curvadas,
Numa velhice imbecil!

No entanto o luar de prata
Envolve a colina e a mata
E os cafezais em redor!
E os negros, mostrando os dentes,
Saltam lépidos, contentes,
No batuque estrugidor.

No espaçoso e amplo terreiro
A filha do Fazendeiro,
A sinhá sentimental,
Ouve um primo recém-vindo,
Que lhe narra o poema infindo
Das noites de Portugal.

E ela avista, entre sorrisos,
De uns longínquos paraísos
A tentadora visão...
No entanto as velhas, coitadas,
Cismam ao longe assentadas
Do batuque folgazão...

Castro Alves

BANDIDO NEGRO

> Corre, corre sangue do cativo
> Cai, cai, orvalho de sangue
> Germina, cresce, colheita vingadora
> A ti, segador a ti. Está madura.
> Aguça tua fouce, aguça, aguça tua fouce.
> — E. Sue — "Canto dos filhos de Agar"

TREMA a terra de susto aterrada...
Minha égua veloz desgrenhada,
Negra, escura, nas lapas voou.
Trema o céu... ó ruína! ó desgraça!
Porque o negro bandido é quem passa,
Porque o negro bandido bradou:

Cai, orvalho de sangue do escravo,
Cai, orvalho, na face do algoz.
Cresce, cresce, seara vermelha,
Cresce, cresce, vingança feroz.

Dorme o raio na negra tormenta...
Somos negros... o raio fermenta
Nesses peitos cobertos de horror.
Lança o grito da livre coorte,
Lança, ó vento, pampeiro de morte,
Este guante de ferro ao senhor.

Cai, orvalho de sangue do escravo,
Cai, orvalho, na face do algoz.
Cresce, cresce, seara vermelha,
Cresce, cresce, vingança feroz.

Eia! Ó raça que nunca te assombras!
P'ra o guerreiro uma tenda de sombras
Arma a noite na vasta amplidão.
Sus! Pulula dos quatro horizontes,
Sai da vasta cratera dos montes,
Donde salta o condor, o vulcão.

Cai, orvalho de sangue do escravo,
Cai, orvalho, na face do algoz.
Cresce, cresce, seara vermelha,
Cresce, cresce, vingança feroz.

E o senhor que na festa descanta
Pare o braço que a taça alevanta,
Coroada de flores azuis.
E murmure, julgando-se em sonhos:
"Que demônios são estes medonhos,
Que lá passam famintos e nus?"

Cai, orvalho de sangue do escravo,
Cai, orvalho, na face do algoz.
Cresce, cresce, seara vermelha,
Cresce, cresce, vingança feroz.

Somos nós, meu senhor, mas não tremas,
Nós quebramos as nossas algemas
P'ra pedir-te as esposas ou mães.
Este é o filho do ancião que mataste.

Este – irmão da mulher que manchaste...
Oh! não tremas, senhor, são teus cães.

Cai, orvalho de sangue do escravo,
Cai, orvalho, na face do algoz.
Cresce, cresce, seara vermelha,
Cresce, cresce, vingança feroz.

São teus cães que têm frio e têm fome,
Que há dez sec'los a sede consome...
Quero um vasto banquete feroz...
Venha o manto que os ombros nos cubra.
Para vós fez-se a púrpura rubra.
Fez-se o manto de sangue p'ra nós.

Cai, orvalho de sangue do escravo,
Cai, orvalho, na face do algoz.
Cresce, cresce, seara vermelha,
Cresce, cresce, vingança feroz.

Meus leões africanos, alerta!
Vela a noite... a campina é deserta.
Quando a lua esconder seu clarão
Seja o *bramo* da vida arrancado
No banquete da morte lançado
Junto ao corvo, seu lúgubre irmão.

Cai, orvalho de sangue do escravo,
Cai, orvalho, na face do algoz.
Cresce, cresce, seara vermelha,
Cresce, cresce, vingança feroz.

Trema o vale, o rochedo escarpado,
Trema o céu de trovões carregado,

Ao passar da rajada de heróis,
Que nas águas fatais desgrenhadas
Vão brandindo essas brancas espadas,
Que se amolam nas campas de avós.

Cai, orvalho de sangue do escravo,
Cai, orvalho, na face do algoz.
Cresce, cresce, seara vermelha,
Cresce, cresce, vingança feroz.

Cruz e Sousa

CRIANÇAS NEGRAS

Em cada verso um coração pulsando,
sóis flamejando em cada verso, e a rima
cheia de pássaros azuis cantando,
desenrolada como um céu por cima.

Trompas sonoras de tritões marinhos
das ondas glaucas na amplidão sopradas
e a rumorosa música dos ninhos
nos damascos reais das alvoradas

Fulvos leões do altivo pensamento
galgando da era a soberana rocha,
no espaço o outro leão do sol sangrento
que como um cardo em fogo desabrocha

A canção de cristal dos grandes rios
sonorizando os florestais profundos,
a terra com seus cânticos sombrios,
o firmamento gerador de mundos.

Tudo, como panóplia sempre cheia
das espadas dos aços rutilantes,
eu quisera trazer preso à cadeia
de serenas estrofes triunfantes.

Preso à cadeia das estrofes que amam,
que choram lágrimas de amor por tudo,
que, como estrelas, vagas se derramam
num sentimento doloroso e mudo.

Preso à cadeia das estrofes quentes
como uma forja em labareda acesa,
para cantar as épicas, frementes
tragédias colossais da Natureza.

Para cantar a angústia das crianças!
não das crianças de cor de oiro e rosa,
mas dessas que o vergel das esperanças
viram secar, na idade luminosa.

Das crianças que vêm da negra noite,
dum leite de venenos e de treva,
dentre os dantescos círculos do açoite,
filhas malditas da desgraça de Eva.

E que ouvem pelos séculos afora
o carrilhão da morte que regela,
a ironia das aves rindo à aurora
e a boca aberta em uivos da procela.

Das crianças vergônteas dos escravos,
desamparadas, sobre o caos, à toa
e a cujo pranto de mil peitos bravos,
a harpa das emoções palpita e soa.

Ó bronze feito carne e nervos, dentro
do peito, como em jaulas soberanas,
ó coração! és o supremo centro
das avalanches das paixões humanas.

Como um clarim a gargalhada vibras,
vibras também eternamente o pranto
dentre o riso e o pranto te equilibras
de forma tal, que a tudo dás encanto.

És tu que à piedade vens descendo,
como quem desce do alto das estrelas
e a púrpura do amor vais estendendo
sobre as crianças, para protegê-las.

És tu que cresces como o oceano, e cresces
até encher as curvas dos espaços
e que lá, coração, lá resplandeces
e todo te abres em maternos braços.

Te abres em largos braços protetores,
em braços de carinho que as amparam,
a elas, crianças, tenebrosas flores,
tórridas urzes que petrificaram.

As pequeninas, tristes criaturas
ei-las, caminham por desertos vagos,
sob o aguilhão de todas as torturas,
na sede atroz de todos os afagos.

Vai coração! na imensa cordilheira
da Dor, florindo como um loiro fruto,
partindo toda a horrível gargalheira
da chorosa falange cor do luto.

As crianças negras, vermes da matéria,
colhidas do suplício à estranha rede,
arranca-as do presídio da miséria
e com teu sangue mata-lhes a sede!

III. À "NEGRADA DISTORCIDA" (SÉCULO XX – ATÉ 1960)

O novo século encontrará o negro brasileiro finalmente livre. Livre de tudo, inclusive de condições mínimas para manter a sua liberdade, ou seja, sem lugar para trabalhar, sem casa, agora sim, dono do seu corpo e, portanto, responsável por mantê-lo. Após a abolição do trabalho escravo sobraram para o negro as migalhas do novo modo de vida que a República proclamava.

Jogados à sua própria sorte, os afrodescendentes povoam as periferias das novas cidades que surgem pelo país, habitando os morros e favelas, vivendo de biscates ou, com alguma sorte, do funcionalismo público.

As mulheres negras permanecem na "casa grande", fazendo os serviços domésticos.

E, por fim, quem mais trabalhou na construção desse país, por quase quatro séculos, era agora colocado na condição de vadio, preguiçoso, marginal, ou seja, um negro sem linha, que não sabia se comportar em uma sociedade livre.

Era preciso enquadrá-lo. Quem sabe, ensiná-lo como que gente livre, empregada, feliz e branca, se comporta. Essa maneira de ver impregnou profundamente o senso comum de nossa sociedade que, não querendo ou não podendo ver a origem real da situação, coloca no próprio negro a responsabilidade por viver do jeito que vive, já que agora é um homem livre, tendo pela frente todas as possibilidades que um homem branco tem.

Essa forma de ver ainda está entre nós.

Ascenso Ferreira

MARACATU

Zabumbas de bombos,
estouros de bombas
batuques de ingonos,
cantigas de banzo,
rangir de ganzás...

— Loanda, Loanda, aonde estás?
— Loanda, Loanda, aonde estás?

As luas crescentes
de espelhos luzentes,
colares e pentes,
queixares e dentes
de maracajás...

— Loanda, Loanda, aonde estás?
— Loanda, Loanda, aonde estás?

A balsa no rio
cai no currupio,
faz passo macio,
mas toma desvio
que nunca sonhou...

— Loanda, Loanda, aonde estás?
— Loanda, Loanda, aonde estás?

Lino Guedes

DEDICATÓRIA

Oh, negrada distorcida!
que não quer outra vida
Melhor que esta de chalaça;
Pra você, negrada boa,
que chamam de gente à toa,
alinhavei tudo isto.

O que aqui está escrito
Não conseguirá saber
porque ninguém sabe ler...
Isto muito desconsola,
Oh, getulina pachola,
que transforma o velho Piques
na estranha zona dos "chics"

dos trucofechas, dos bambas
e dos sarados nos sambas.
Para você, oh negrada,
Carro de preso não é nada,
Nem assusta a Resistência!
Zé-povinho sem tenência;
toma, gente do barulho,

este livrinho — um entulho
à sua malemolência,
o qual falará da dor
desta infeliz gente negra,
gente daqui da pontinha,
desgraçada gente minha,
a gente do meu amor!

NOVO RUMO!

"Negro preto cor da noite",
nunca te esqueças do açoite
Que cruciou tua raça.
Em nome dela somente
Faze com que nossa gente
um dia gente se faça!

Negro preto, negro preto,
sê tu um homem direito
como um cordel posto a prumo!
É só do teu proceder
Que, por certo, há de nascer
a estrela do novo rumo!

IV. SOU NEGRO (SÉCULO XX – ATÉ OS DIAS ATUAIS)

O que significa *ser negro* em um país como o Brasil?
Dizem alguns que é o mesmo que ser branco pobre.
Dizem outros que o melhor é não ser,
E por isso dizem-se de vários nomes:
Cidadão de cor, marrom bombom, escurinho, moreninho, jambo, mulato, pretinho, neguinho, da cor, muita tinta, pouca tinta, preto, marrom, moreno escuro, crioulo, negão... negro.
A cor do pecado. Você sabia?
Pois é. Ser negro é pesadelo e fantasia.
Dizem os pesquisadores que são mais de cem nomes.
Para muitos, identificar um negro no Brasil é muito difícil, já que somos um povo mestiço.
Para muitos outros isso não importa, já que somos todos filhos de Deus.
Para outros, os negros são as mulheres do mundo.
Para nós outros, ser negro é ser o boi da cara preta sem nunca ter sido.

É ser o velho do saco que pega a criança,
É ser o suspeito e a ameaça desempregada,
É ser o avião da desesperança.

E, ironicamente, a infância abandonada.

Ser negro é ter uma identidade mundial desfeita em cores.

Ser o rei do futebol, saber cantar, compor, dançar, sorrir, miseravelmente, sem dentes, sem bola, sem escola, sem palco. Capoeirando sempre.

Ser negro é ter história, memória, um modo de ver, sentir e viver o mundo.

Ser negro é lutar e festejar a liberdade, aquilombar-se sempre diante da opressão, da desigualdade, do cinismo, do racismo.

Ser negro no Brasil, ou em qualquer lugar, é sangue, suor e sorriso.

Sumos e sensações que nos forjam e fortalecem, fazem-nos ser o que somos.

Filhos do sol, quizumbeiros, religiosos, festeiros,
Dignos herdeiros da força vital que recria,
na dimensão da palavra escrita, o que é ser negro nos dias de hoje e em todos os dias.
Ser negro, tornar-se identidade e fazermo-nos poesia.
Eis por que a afirmação **Sou Negro** das próximas páginas não deixa dúvidas.

Solano Trindade

MINHA FAMÍLIA

À Dione Silva

Minha família é incontável
eu tenho irmãos em todas as partes do mundo
minha esposa vive em todos os continentes
minha mãe se encontra
no Oriente e no Ocidente
meus filhos são todas as crianças do universo
meu pai são todos os homens dignos de amor

Por que chorar pelo amor de uma mulher?
Por que estreitar o mundo de um lar
por que prender-me a uma rua
a uma cidade, a uma pátria?
Por que prender-me a mim mesmo?

Oh! Bandeiras,
Enfeitai os meus caminhos!
Oh! Músicas,
Ritmai os meus passos!
Oh! Pares, vinde para que eu baile
E possa conhecer todos os meus
Parentes.

OLORUM EKÊ

Olorum Ekê
Olorum Ekê
Eu sou poeta do povo
Olorum Ekê

A minha bandeira
É de cor de sangue
Olorum Ekê
Olorum Ekê
Da cor da revolução
Olorum Ekê

Meus avós foram escravos
Olorum Ekê
Olorum Ekê
Eu ainda escravo sou
Olorum Ekê
Olorum Ekê
Os meus filhos não serão
Olorum Ekê
Olorum Ekê

SOU NEGRO

À Dione Silva

Sou negro
meus avós foram queimados
pelo sol da África
minh'alma recebeu o batismo dos tambores
atabaques, gonguês e agogôs.

Contaram-me que meus avós
vieram de Luanda
como mercadoria de baixo preço
plantaram cana pro senhor do engenho novo
e fundaram o primeiro Maracatu.

Depois meu avô brigou como um danado
nas terras de Zumbi
Era valente como quê
Na capoeira ou na faca
escreveu não leu
o pau comeu
Não foi um pai João
humilde e manso.

Mesmo vovó
não foi de brincadeira
Na guerra dos Malés
ela se destacou.

Na minh'alma ficou
o samba
o batuque
o bamboleio
e o desejo de libertação

Eduardo de Oliveira

BANZO

A Patrice Lumumba

Eu sei, eu sei que sou um pedaço d'África
pendurado na noite do meu povo.
Trago em meu corpo a marca das chibatas
como rubros degraus feitos de carne
pelos quais as carretas do progresso
iam buscar as brenhas do futuro.

Eu sei, eu sei que sou um pedaço d'África
pendurado na noite do meu povo.
Eu vi nascer mil civilizações
erguidas pelos meus potentes braços;
mil chicotes abriram na minh'alma
um deserto de dor e de descrença
anunciando as tragédias de Lumumba.

Eu sei, eu sei que sou um pedaço d'África
pendurado na noite do meu povo.
Do fundo das senzalas de outros tempos
se levanta o clamor dos meus avós
que tiveram seus sonhos esmagados
sob o peso de cangas e libambos
amando, ao longe, o sol das liberdades.

Eu sei, eu sei que sou um pedaço d'África
pendurado na noite do meu povo.
Eu sinto a mesma angústia, o mesmo banzo
que encheram, tristes, mares de outros séculos...
por isso é que ainda escuto o som do jongo
que fazia dançar os mil mocambos...
e que ainda hoje percutem nestas plagas.

Eu sei, eu sei que sou um pedaço d'África
pendurado na noite do meu povo.
Balouça sobre mim sinistro pêndulo
que marca as incertezas do futuro
enquanto que me atiram nas enxergas
aqueles que ainda ontem exploravam
o suor, o sangue nosso e a nossa força.

Eu sei, eu sei que sou um pedaço d'África
pendurado na noite do meu povo.

Oswaldo de Camargo

FESTA DO JUVENAL

*O castelo pegou fogo,
o sino deu o sinal;
acuda, gente, acuda
a bandeira nacional!*
(folclore brasileiro)

A festa foi inventada
por um tal de Juvenal,
doido, genioso, um santo
a pelejar contra o mal.
Juvenal ria de um nada,
até do espanto
de um negro sonhando cal,
para pôr branco na cara,
xingando seu original.
Por isso é que a festa
o santo do Juvenal.

Convidou João Balalão
e o Visconde do Frontal,
o que incendiou o castelo
com a bandeira nacional;
convidou o capitão
do barco do "Nada Mau"
e o sineiro que depressa
no sino deu o sinal
para salvar do incêndio
a bandeira nacional;

chamou os escravos de Jó,
que, dentro do canavial,
achando ser dominó
jogavam o caxangá.

Moeram, tanto moeram
do moinho a pá e a mó
que o milho, logo cedinho,
virou pó!,
e Dona Sancha, pensando
que vinha no vendaval
tal poeirada de ouro
do sítio do velho Ló,
chamou às falas,
já braba,
o santo do Juvenal:
"Juvenal, tu arremedas
os tempos do Santo Graal,
milagres, se tu procuras,
estão nas curvas do mal;
me retira, se puderes,
a fome da capital,
o vazio das colheres,
os negros do canavial,
afina o sino trincado
do castelo do Frontal,
onde foi salva do incêndio
a bandeira nacional!"

Juvenal ficou pensando
a fitar o canavial,
chamou os escravos de Jó
que jogavam caxangá
e disse: "Tem fé no homem,
ó Sancha, pois, afinal,
o Bem indireita as dobras
das curvas que há no mal;
eu faço a minha festa
com o Visconde do Frontal,
com os negros que são contentes
jogando seu caxangá,
e o Negrinho Pastoreio
(ó ruindade, ó relho, ó sal!),
que tem o corpo roído,
mas sem pecado, nem mal;
faço a festa com o sineiro
manco, mas tão pontual
que chegou a tempo certo
de salvar
do incêndio
a bandeira nacional!"

Se findou na intenção
a festa do Juvenal,
fincou pensamento santo
na testa
do Visconde do Frontal,
deu alegria, no sonho,
aos negros no canavial,
que, achando ser dominó,
jogavam o caxangá...

Por isso, meu povo, palmas
pra festa do Juvenal!

OFERENDA

Para Iracema de Almeida

Que farei do meu reino: um terreno
no peito,
onde pensei pôr minh'África,
a dos meus avós, a do meu povo de lá e que me deixam
tão sozinho?
Como sonhei falar à minha mamãe África,
e oferecer-lhe, em meu peito, nesta noite turva,
os meus pertences de vento, sombra e relembrança,
o meu nascimento, a minha história e o meu
tropeço
que ela não sabe, nem viu e eu sendo filho dela!
— Ó mamãe, minhas fraldas estão sujas de brancor
e ele cheira tanto!
Às vezes penso, em minha solidão, na noite turva,
que você está me chamando com o tambor do vento.
Abro a janela, olho a cidade, as luzes me trepidam
e eu perco o condão de te achar entre os odores vários
e tanta dor de gente branca, preta, variada
gama e tessitura de almas, ânsias, medo!
Como sonhei falar, sozinho, à minha mamãe África,
e oferecer-lhe, em meu peito, nesta noite turva,
os meus pertences de vento, sombra e relembrança,
o meu nascimento, a minha história, e o meu tropeço
que ela não sabe, nem viu e eu sendo filho dela!

Oliveira Silveira

ENCONTREI MINHAS ORIGENS

Encontrei minhas origens
em velhos arquivos
    livros
encontrei
em malditos objetos
troncos e guilhetas
encontrei minhas origens
no leste
no mar em imundos tumbeiros
encontrei
em doces palavras
    cantos
em furiosos tambores
    ritos
encontrei minhas origens
na cor de minha pele
nos lanhos de minha alma
em mim
em minha gente escura
em meus heróis altivos
encontrei
encontrei-as enfim
me encontrei.

MÃE-PRETA

Filho de branca babujou teu seio,
negrinho berrou e berrou,
sinhá nenhuma amamentou.
Por que não existe mãe-branca?
Por que não existe mãe-branca?

— Mãe branca?
ora já se viu
é muito desaforo!

Conceição Evaristo

DO VELHO E DO JOVEM

Na face do velho
as rugas são letras,
palavras escritas na carne,
abecedário do viver.

Na face do jovem
o frescor da pele,
e o brilho dos olhos
são dúvidas.

Nas mãos entrelaçadas
de ambos,
o velho tempo
funde-se ao novo,
e as falas silenciadas
explodem.

O que os livros escondem,
as palavras ditas libertam.
E não há quem ponha
um ponto final na história

Infinitas são as personagens:
Vovó Kalinda, Tia Mambene,
Primo Sendô, Ya Tapuli,
Menina Meká, Menino Kambi,
Neide do Brás, Cíntia da Lapa,
Piter do Estácio, Cris de Acari,
Mabel do Pelô, Sil de Manaíra,
E também de Santana e de Belô
e mais e mais, outras e outros...

Nos olhos do jovem
também o brilho de muitas histórias.
E não há quem ponha
um ponto final no rap

é preciso eternizar as palavras
da liberdade ainda e agora...

VOZES-MULHERES

A voz de minha bisavó ecoou
criança
nos porões do navio.
Ecoou lamentos
De uma infância perdida.

A voz de minha avó
ecoou obediência
aos brancos-donos de tudo.

A voz de minha mãe
ecoou baixinho revolta
No fundo das cozinhas alheias
debaixo das trouxas
roupagens sujas dos brancos
pelo caminho empoeirado
rumo à favela.

A minha voz ainda
ecoa versos perplexos
com rimas de sangue
e
fome.

A voz de minha filha
recolhe todas as nossas vozes
recolhe em si
as vozes mudas caladas
engasgadas nas gargantas.

A voz de minha filha
recolhe em si
a fala e o ato.
O ontem — o hoje — o agora.
Na voz de minha filha
se fará ouvir a ressonância
o eco da vida-liberdade.

Adão Ventura

COMENSAIS

A minha pele negra
servida em fatias,
em luxuosas mesas de jacarandá,
a senhores de punhos rendados
há 500 anos.

FAÇA SOL OU FAÇA TEMPESTADE

faça sol
ou faça tempestade,
meu corpo é fechado
por esta pele negra.

faça sol
ou faça tempestade
meu corpo é cercado
por estes muros altos,
— currais
onde se coagula
o sangue dos escravos.

faça sol
ou faça tempestade,
meu corpo é fechado
por esta pele negra.

Geni Mariano Guimarães

INTEGRIDADE

Ser negra
Na integridade
Calma e morna dos dias

Ser negra
De carapinhas,
De dorso brilhante,
De pés soltos nos caminhos.

Ser negra,
De negras mãos,
De negras mamas,
De negra alma.

Ser negra,
Nos traços,
Nos passos,
Na sensibilidade negra.

Ser negra,
Do verso e reverso,
De choro e riso,
De verdades e mentiras,
Como todos os seres que habitam a terra.

Negra
Puro afro sangue negro,
Saindo aos jorros,
Por todos os poros.

Arnaldo Xavier

SÃO PÁLIDO

um dia no rio
tietê correu sangue

como correu no rio volga
como correu nos esgotos de Varsóvia
como correu nos vales de áfricas
(e suas veias
borbulhavam gemidos)
lá pras bandas de são miguel paulista

correu sangue
e o sangue foi confundido
com leite
e as mamadeiras percorreram
os corpos deitados
sobre os trilhos
enquanto as locomotivas
não vinham (cheias
de vidas)

sangue confundido
com leite
no vice-versa de putas cabras
que amamentam a radial
leste de a
feto

Elisa Lucinda

**ASHELL, ASHELL
PRA TODO MUNDO, ASHELL**

Ela mora num Brasil
mas trabalha em outro brasil
Ela, bonita... saiu. Perguntaram: Você quer vender bombril?
Ela disse não.
Era carnaval. Ela, não-passista, sumiu.
Perguntaram: empresta tuas pernas, bunda e quadris para um clip-exportação?
Ela disse não.
Ela dormiu. Sonhou penteando os cabelos sem querer se fazendo um cafuné sem querer...
Perguntaram: você quer vender Henê?
Ela disse nããão.
Ficou naquele não durmo não falo não como...
Perguntaram: Você quer vender omo?
Ela disse NÃO!
Ela viu um anúncio da cônsul pra todas as mulheres do mundo...
Procurou, não se achou ali. Ela era nenhuma. Tinha destino de preto.
Quis mudar de Brasil; ser modelo em Soweto.
Queria ser qualidade. Ficou naquele ou eu morro ou eu luto.
Disseram: Às vezes um negro compromete o produto.
Ficou só. Ligou a tv.
Tentou achar algum ponto em comum entre ela e o *free*:

Nenhum.
A não ser que amanhecesse loira, cabelos de seda shampoo
mas a sua cor continua a mesma!
Ela sofreu, eu sofri, eu vi.
Pra fazer anúncio de *free*, tenho que ser *free*, ela disse.
Tenho que ser sábia, tinhosa, sutil...
Ir à luta sem ser mártir.
Luther marcketing
Luther marcketing... in Brasil!

MULATA EXPORTAÇÃO

"Mas que nega linda
E de olho verde ainda
Olho de veneno e açúcar!
Vem, nega, vem ser minha desculpa
Vem que aqui dentro ainda te cabe
Vem ser meu álibi, minha bela conduta
Vem, nega exportação, vem meu pão de açúcar!
(Monto casa procê mas ninguém pode saber, entendeu meu dendê?)
Minha tonteira minha história contundida
Minha memória confundida, meu futebol, entendeu meu gelol?
Rebola bem meu bem-querer, sou seu improviso, seu karaoquê;
Vem, nega, sem eu ter que fazer nada. Vem sem ter que me mexer
Em mim tu esqueces tarefas, favelas, senzalas, nada mais vai doer.
Sinto cheiro docê, meu maculelê, vem, nega, me ama, me colore
Vem ser meu folclore, vem ser minha tese sobre nego malê.
Vem, nega, vem me arrasar, depois te levo pra gente sambar."
Imaginem: Ouvi tudo isso sem calma e sem dor.
Já preso esse ex-feitor, eu disse: "Seu delegado..."
E o delegado piscou.

Falei com o juiz, o juiz se insinuou e decretou pequena pena
com cela especial por ser esse branco intelectual...
Eu disse: "Seu Juiz, não adianta! Opressão, Barbaridade, Genocídio
nada disso se cura trepando com uma escura!"
Ó minha máxima lei, deixai de asneira
Não vai ser um branco mal resolvido
que vai libertar uma negra:
Esse branco ardido está fadado
porque não é com lábia de pseudo-oprimido
que vai aliviar seu passado.
Olha aqui, meu senhor:
Eu me lembro da senzala
e tu te lembras da Casa-Grande
e vamos juntos escrever sinceramente outra história
Digo, repito e não minto:
Vamos passar essa verdade a limpo
porque não é dançando samba
que eu te redimo ou te acredito:
Vê se te afasta, não invista, não insista!
Meu nojo!
Meu engodo cultural!
Minha lavagem de lata!

Porque deixar de ser racista, meu amor,
não é comer uma mulata!

Paulo Colina

FORJA

entre uma calmaria
    e outra
do mar de nossas peles
me bastaria amor cantar o fogo
que somos na nascente
    de suas coxas

mas há essa dor de outros tempos
e corpos
essa rosa dos ventos sem morte
na memória sitiada da noite

embora o gesto possa ser
no mais todo ternura
o poema continua um quilombo
    no coração

CORPO A CORPO

a vida é uma horda bárbara
    de sentimentos
as noites tentam desde o princípio
    de tudo
a derrubada de estigmas primários

o cotidiano tem sempre à mão
um repertório de sambas e *blues*

o papel branco vive me jogando
desafios na cara

ser marginal todavia
só interessa à paixão

bastaria ao poema apenas
a cor de minha pele?

Cuti (Luiz Silva)

FERRO

Primeiro o ferro marca
a violência nas costas
Depois o ferro alisa
a vergonha nos cabelos
Na verdade o que se precisa
é jogar o ferro fora
e quebrar todos os elos
dessa corrente
de desesperos

PASSAGEM

De repente chegou o vento, água e fúria
e eu fui o dilúvio

depois a lua brotou
cheia
no céu do susto
quando fui o lobo e seu uivo
até que ela escorresse e
poça de luz
eu pudesse
saciar minha sede
amanhecer sempre antes do inimigo
e tocar
este atabaque incrustado no umbigo.

PORTO-ME ESTANDARTE

Minha bandeira minha pele

não me cabe hastear-me em dias de parada
após um século da hipócrita liberdade vigiada
minha bandeira minha pele

não vou enrolar-me, contudo
e num canto
acobertar-me de versos

minha bandeira minha pele

fincado estou na terra que me pertenço
fatal seria desertar-me
alvuras não nos servem como abrigo

miçangas de lágrimas
enfeitam o país
das procissões e carnavais

minha bandeira minha pele

de resto
é gingar com os temporais

Hélio de Assis

DE QUE COR SERÁ SENTIR?

Afinal
De que cor será sentir?
Será que o amor
Tem uma cor?
Será vermelho
O ódio?
Será branca
A paz
Sendo negra
A morte
De que cor
Será a vida?
Sendo negra a fome
Qual a cor da fartura?
Sendo negra a realidade
Qual a cor da ilusão?
Sendo negra a cor que tinge
Presídios, hospícios
Qual a cor da opressão?

Éle Semog

PONTO HISTÓRICO

Não é que eu
seja racista...
Mas existem certas
coisas
Que só os NEGROS
entendem.
Existe um tipo de amor
que só os NEGROS
possuem,
existe uma marca no
peito
que só nos NEGROS
se vê,
existe um sol
cansativo
que só os NEGROS
resistem.
Não é que eu
seja racista...
Mas existe uma
história
que só os NEGROS
sabem contar
... que poucos podem
entender.

Salgado Maranhão

HISTORINHAS DO BRASIL PARA PRINCIPIANTES

chegaram de canhões e caravelas chamando tupis de índios.
no primeiro dia brindaram ao redor da cruz, não conheciam
a terra, mas já eram donos. Mais tarde voltaram procurando
pedras, abrindo ruas, rezando missas, matando índios
e escravizando negros: fundando as capitanias das sífilis hereditárias.

DESLIMETES 10

(táxi blues)

eu sou o que mataram
e não morreu,
o que dança sobre os cactos
e a pedra bruta
      — eu sou a luta.

O que há sido entregue aos urubus.
e de *blues*
    em
     blues
endominga as quartas-feiras.
        — eu sou a luz
sob a sujeira.

(noite que adentra a noite e encerra
os séculos,
farrapos das minhas etnias,
artérias inundadas de arquétipos)

eu sou ferro, eu sou a forra.

E fogo milenar desta caldeira
elevo meu imenso pau de ébano
obelisco às estrelas.

eh tempo em deslimete e desenlace!
eh tempo de látex e onipotência!

leito de terra negra
sob a água branca,
eu sou a lança
a arca do destino sobre os búzios.

e de *blues* a *urublues*
ouço a moenda
dos novos senhores de escravos
com suas fezes de ouro
com seus corações de escarro.

eh tempo em deslimete e desenlace!
eh tempo de látex e onipotência!

eu sou a luz em seu rito de sombras
— esse intocável brilho.

Deley de Acari

INIMIGO DO ARCO-ÍRIS

Inimigo de raças,
Inimigo das etnias,
Inimigo dos povos,
Inimigo das nações,
Inimigo do seu próprio
Povo pois que o cega
Com seu ódio racista
E o impede de ver a beleza
Que outros povos possuem.

Todo racista...desses que erguem muros
De rancor e desumanidade para dividir
E separar seres humanos que poderiam
Ser irmãos e não inimigos...Esse racista
Um dia terá muro que construiu
Como sua lápide.

Todo racista precisa ser combatido
Vencido e destruído já que é uma
Ameaça letal à biodiversidade étnica
E natural.

E pode a qualquer momento fazer do
Seu ódio desumano um míssil
E bombardear o arco-íris só
Por não achá-lo bonito.

Márcio Barbosa

SOU DO GUETO

sou rebelde
ressentido
retraído
sou do gueto

sou do canto
obscuro
sou escuro
sou do gueto

tenho mano
em todo bairro
tenho mina
sou do gueto

ando armado
de esperanças
sou amado
sou do gueto

sou ousado
e sou tímido
abusado
sou do gueto

faço a grana
tento a sorte
tenho ginga
sou do gueto

tenho fibra
tenho raça
sou de briga
sou do gueto

e sou forte
e sou preto
sou do mundo
sou do gueto

NOSSA GENTE

nossa gente também veio
pra ser feliz e ter sorte

nossa gente é quente
é bela e forte

mas às vezes essa gente
passa, inconsciente

sofre, mas não se mexe
ri, mas não se gosta

nossa gente inconsciente
sofrendo, fica fraca

nem vê que por dentro ainda
traz a força da mãe áfrica

não vê que pode vencer
pois tem energia nos braços

e pode ter liberdade
alegria e espaço

superando a pobreza
socializando a riqueza

inventando unidade
solidariedade, abraços

nosso povo é lindo
nosso povo é afro

e perfeito vai destruindo
ódios e preconceitos

"esse povo negro
que se diz moreno"

com suas cores, com seu jeito
é um povo pleno

nossa gente é ventania
é ousadia, é mar cheio

nossa gente também veio
pra ser feliz e ter sorte

Edson Robson Alves dos Santos

ONDE NASCERAM MEUS AMORES

O capoeira que sobe a ladeira do Pelô
Sente na pele a chama do passado de Salvador
Onde jogaram Mestre Bimba, Canjiquinha e Maré
Onde nasceram meus amores à capoeira e à minha mulher

Nossa história é de luta é de revolta é de Malê
É o tino da vida lutar pra se defender
Dos soturnos porões das senzalas pra viver
Livre como a semente na terra a crescer

Edimilson de Almeida Pereira

SANTO ANTÔNIO DOS CRIOULOS

Há palavras reais.
Inútil escrever sem elas.
A poesia entre cãs e bichos
é também palavra.
Mas o texto captura é o rastro
de carros indo, sem os bois.
A poesia comparece
para nomear o mundo.

SABEDORIA

Em cima dos ossos
o homem montou casa.

Dentro de uma cabaça
prendeu a ciência do mundo.

Uma árvore parece o lugar
seguro, ele pensa.

Ao subir nos ramos, a cabaça
se parte: ele não sabia.

Luís Carlos de Oliveira

EBULIÇÃO DA ESCRAVATURA

A área de serviço é senzala moderna,
Tem preta eclética, que sabe ler "start";
"Playground" era o terreiro a varrer.

Navio negreiro assemelha-se ao ônibus cheio,
Pelo cheiro vai assim até o fim-de-linha;
Não entra no novo quilombo da favela.

Capitão do mato virou cabo da polícia,
Seu cavalo tem giroflex (radiopatrulha).
"Os ferros", inoxidáveis algemas;

Ração pode ser o salário-mínimo,
Alforria só com a aposentadoria
(Lei dos sexagenários).

"Sinhô" hoje é empresário,
A casa-grande verticalizou-se,
O pilão está computadorizado.
Na última página são "flagrados" (foto digital)
Em cuecas, segurando a bolsa e a automática:
Matinal pelourinho.

A princesa Áurea canta,
Pastoreia suas flores.
O rei faz viaduto com seu codinome.

— Quantos negros? Quanto furor?
Tantos tambores... tantas cores...
O que comparar com cada batida no tambor?

———

"A escravatura não foi abolida; foi distribuída entre os pobres."

Denise Parma

TAMBORES DO CONGO

Os tambores ecoaram no seio da pátria-avó
Batuques antigos, quase esquecidos
Ba-ti-cum-bum-ba-ram velhas notícias
Notícias velhas
Que de tão antigas
Foram esquecidas
A notícia correu
O homem não entendeu
A mensagem dos tempos de outrora
Ba-ti-cum-bum-ba-da-no-tam-bor
Chegou a dor
Na-ba-ti-da-do-tam-bor
A terra tremeu
O vento parou
A lua sumiu
O sol apagou
Ba-ti-cu-bum-bou-o-tam-bor
Rasgou o ventre
Mostrou a dor
Dentes rangidos
Sonhos perdidos
O rastro do diabo
Andou
Ba-ti-cum-bum-ban-do-o-tam-bor
Chorou a terra
Chorou de dor
Enfeites de entre-pernas
Hemácitos, leucócitos, plaquetas
Na-ba-ti-da-do-tam-bor

Cristiane Sobral

PETARDO

Escrevi aquela estória escura sim.
Soltei meu grito crioulo sem medo
pra você saber:
Faço questão de ser negra nessa cidade descolorida,
doa a quem doer.
Faço questão de empinar meu cabelo cheio de
    poder.
Encresparei sempre,
em meio a esta noite embriagada de trejeitos
    brancos e fúteis.

Escrevi aquele conto negro bem sóbria,
pra você perceber de uma vez por todas
que entre a minha pele e o papel que embrulha
    os seus cadernos,
não há comparação parda cabível,
há um oceano,
o mesmo mar cemitério que abriga os meus
    antepassados assassinados,
por essa mesma escravidão que ainda nos
    oprime.

Escrevi
Escrevo
Escreverei
Com letras garrafais vermelho-vivo,
pra você lembrar que jorrou muito sangue.

Ferréz

FAZ ELES RÍ

Us fio tem que entendê
Que siozinho qué rí
Us minino mesmo sofrendo
Tem que aprendê a si diverti

Num basta o sofrimento
Incultado nessa vida
Num basta as mazela
Vamu esquecê as ferida

Antigamente povoação
Hoje é periferia
Zumbi nunca chorou
Morreu na loca corrida

Us encantados foi embora
Si acabaram no bar e na cerveja
Rei Nagô se lamenta
A morte única certeza

Povo guerrero num ri de tudo
Abandonô terrero e esqueceu
Preto evangélico hoje ora
Pai salva filho teu

Mais do céu num vem melhora
Caboclos si entristeceu
Esqueceram os traço e raízes
De um povo que pru zoto viveu.

Muita coisa mudou na estória
capitão mantinha na corrente
A evolução veio sem demora
Hoje o preto pra polícia é delinquente.

José Carlos Limeira

PARA DOMINGOS JORGE VELHO

DOMINGOS, bem que você poderia
Ter sido menos canalha!
Está certo que eras um filho da Coroa,
Súdito leal,
E os negros de Palmares...
Ora, negro é negro.

Jorge meu caro
Entendo que estivesses vendo seu lado,
Ouro, carne-seca, farinha, eram bem pagos

VELHO, o que me dói é o fato de teres com
    alguns milhares
De porcos dizimado um sonho
Justo de Liberdade.
E ainda por cima voltaste com
Três mil orelhas de negros,
TRÊS MIL!
Ontem senti um tremendo nojo
Quando te vi como herói no livro
De História do meu filho.
Mas foi no fim muito bom
Porque veio de novo a vontade
De reescrever tudo
E agora sem heróis como você
Que seriam o máximo, depois de revistos,
Assassinos, e bem baratos.
        Atenciosamente
        UM NEGRO

Maria da Paixão

CAREÇO

Sinto o ar negro
A noite viaja, vigia tendo paciência
em sua folhagem.
Se move, redonda agourada.
Careço de um amor
que me olhe nos olhos,
que se acredite sem qualquer dúvida
e que goste da minha respiração
e desse cheiro de bicho que se entrega.
Careço de alguém e alguém que me careça.

Miriam Alves

GENEGRO*

Gemido de negro
Não é poema
é revolta
        é xingamento
É abismar-se

Gemido de negro
é pedrada na fronte de quem espia e ri
É pau de guatambu no lombo de quem mandou
    dar

Gemido de negro
é acampamento de sem-terra no cerrado
É o punho que se fecha em *black power*

Gemido de negro
é insulto
é palavrão ecoado na senzala
É o motim a morte do capitão

Gemido de negro
é a (re)volta da nau para o Nilo

Gemido de negro...
Quem tá gemendo?

---

*Intertextualidade intencional com o poema de Solano Trindade "Quem tá gemendo".

Ronald Augusto

QUANDO NEGRO DÁ RISADA

quando negro dá risada
é que nem uma cigarra soltando
o verão brasileiro

mas se aparece relâmpago
é que negro ficou
com raiva raiva

e fez da vida dele
um poema puto da cara
uma cachoeira complicada

uma arma de ponta
um carecimento de
brincar no aroma dos tambores

Severino Lepê Correia

GATO ESCONDIDO...

Agora eu quero mudar
Primeiro mundo é... quem pode
Favela, Orisá, pagode
Eu não quero ouvir falar
Discursos de negritude
Passaram com a juventude
Quero ser de outro lugar
Decidi ter paletó
Calçar só cromo alemão
Rasguei os kafta e os filá*
Não pus mais meus pés no chão
Queimei toda teimosia
Pus no lixo meus tambores
Fechei meus olhos às cores
Que me lembrassem "além-mar"
Deixei de comer feijoada
Passei a ouvir sinfonia
Pôr o meu francês em dia
Pra despertar fino gosto
Fino prazer na audição...
Mas, ao descer do metrô
Conversando ao celular
Com meu andar "disfarçado"
Ouvi alguém me chamar...

Voltei-me desconfiado
Ao ouvir tanto psiu...
Grita um senhor ao meu lado:
— Africano... descuidado...
Tua carteira caiu!

* Mantenhamos a regra, também, para palavras africanas: não fazer plural português.

Sidney de Paula Oliveira

PRETODO

tudo o que concerne
todo sentimento
serenamente inserido
no cerne
do negro ser

AFRODITE

Deusa,
se for afro, dite!

V. O NEGRO NO CORDEL E NA MÚSICA POPULAR BRASILEIRA

Letra de música é ou não poesia?
Essa pergunta já gerou muita polêmica e deve ser abordada neste livro porque, afinal, este é um livro de poesias que apresenta letras de músicas assim, no papel, para serem apreciadas por meio da leitura.
Se buscarmos a origem da poesia, encontraremos o texto poético nos tempos em que há um predomínio da oralidade, inteiramente associado à música, à dança e ao canto. Exemplos disso são os trovadores medievais e os contadores de histórias africanos que tanto influenciaram a nossa poesia popular. A passagem para o texto escrito se deu porque muitas cantigas desapareciam com o passar dos anos, pois só tinham na transmissão oral a garantia de permanência. Foi a partir daí que surgiram os cadernos de apontamentos, tendo estes dado origem aos Cancioneiros.

Os nossos folhetos de cordel ilustram bem esse processo. Os cantadores e violeiros nordestinos são os grandes herdeiros dos trovadores medievais. Sua arte é um testemunho vivo da cultura ibérica que veio para o Brasil com os colonizadores e que aqui encontrou terreno fértil ao se fundir com a tradição oral africana e indígena. Cantando versos de improviso, fazendo desafios entre si, e contando histórias, esses poetas e músicos mambembes tiveram, por muito tempo, a dupla função de entreter e informar a população nordestina que buscava em seus versos tanto a emoção de ler ou de ouvir uma boa história, como notícias sobre os acontecimentos mais importantes da região e do país. Seus versos, impressos em pequenos folhetos, circulam até hoje nas cidades do Nordeste e também no Rio de Janeiro e São Paulo, onde a presença de migrantes nordestinos é bastante significativa. O que acontecia com frequência nas histórias dos cordéis mais famosos é que uma peleja ou uma boa história narrada de improviso acabava ganhando a boca do povo, que tratava de mitificar o acontecimento passando adiante, às vezes, de uma geração a outra, até que o registro de memória virasse folheto impresso.

A presença do negro na música brasileira tem um valor inconteste. De Caldas Barbosa a Eduardo das Neves, de Jackson do Pandeiro a Tim Maia, passando por Jorge Benjor, Chico César, Pixinguinha, Cartola, Donga, Assis Valente, Lupicínio Rodrigues e tantos outros. O que nos causa indignação é que até mesmo aquilo que deveria dar ao negro um lugar de reconhecimento por sua sensibilidade e talento foi e ainda tem sido usado para perpetuar ideias a respeito do "caráter malandro do negro e sua pouca condição para realizar trabalhos de natureza intelectual" como se não houvesse negros e mulatos com importantes trabalhos realizados na Literatura, Ciência, Política e Religião. Aí estão Juliano Moreira, André Rebouças, Teodoro Sampaio, José do Patrocínio, Nilo Peçanha e muitos outros que não nos deixam mentir.

CORDEL

Firmino Teixeira do Amaral

EXCERTOS DA PELEJA DO CEGO ADERALDO COM ZÉ PRETINHO

ZÉ PRETINHO

Eu vou mudar de toada,
Para uma que mete medo
Nunca encontrei cantador
Que desmanchasse este enredo:
É um dedo, é um dado, é um dia,
É um dia, é um dado, é um dedo!

CEGO ADERALDO

Zé Preto, esse teu enredo
Te serve de zombaria!
Tu hoje cegas de raiva
O Diabo será teu guia.
É um dia, é um dado, é um dedo,
É um dedo, é um dado, é um dia!

ZÉ PRETINHO

Cego, respondeste bem,
Como quem fosse estudado!
Eu também, da minha parte,
Canto verso aprumado
É um dado, é um dia, é um dedo,
É um dedo, é um dia, é um dado!

(...)

CEGO ADERALDO

Amigo José Pretinho,
Eu nem sei o que será
De você depois da luta
Você vencido já está!
Quem a paca cara compra
Paca cara pagará!

ZÉ PRETINHO

Cego, eu estou apertado,
Que só um pinto no ovo!
Estás cantando aprumado
E satisfazendo o povo
Mas esse tema da paca,
Por favor, diga de novo!

CEGO ADERALDO

Disse uma vez, digo dez
No cantar não tenho pompa!
Presentemente não acho
Quem o meu mapa me rompa
Paca cara pagará,
Quem a paca cara compra!

ZÉ PRETINHO

Cego, teu peito é de aço
Foi bom ferreiro que fez
Pensei que cego não tinha
No verso tal rapidez!
Cego, se não é maçada,
Repete a paca outra vez!

CEGO ADERALDO

Arre! Que tanta pergunta
Desse preto capivara!
Não há quem cuspa pra cima,
Que não lhe caia na cara
Quem a paca cara compra
Pagará a paca cara!

ZÉ PRETINHO

Agora, cego, me ouça:
Cantarei a paca já
Tema assim é um borrego
No bico de um carcará!
Quem a caca cara compra,
Caca caca cacará!

Neco Martins

DESAFIO DE NECO MARTINS COM XICA BARROSA

BARROSA

A Barrosa quando canta
Faz a terra estremecer
Faz o céu abalar,
Faz os planetas descer;
Quem vier cantar comigo
Correrá grande perigo,
Até a morte sofrer.

NECO

O Neco Martins cantando,
A terra não estremece...
Sustenta o céu, não abala,
Nenhum dos planetas desce;
Hoje eu canto contigo
Sem correr grande perigo
A morte não aparece.

(...)

BARROSA

Agora estou curada
E bem restabelecida
Temos barulho de novo,
Porque sou negra atrevida
No dia em que me estouro,
Levo o mundo a uma lida
Fazendo resolução,
Em forma descomedida;
Quando a cacuruto os olhos,
Com a venta retorcida
Cantador não se atravessa,
Nem pode com a minha vida.

NECO

Barrosa não se exalte,
Deixe-se desta imprudência
Porque a melhor virtude
É calma com paciência;
Sempre é malsucedido
Quem anda com violência
Só pode andar sujeito
Às maiores contingências...
Se tomares meu conselho,
Deixando de insolência.
Te garanto que mereces,
Muito melhor preferência
E se assim não fizeres
Perderás a influência;
Me obrigando a fazer
O que dói na consciência.

BARROSA

Não preciso de conselhos
Porque eu não sou menina
Faço tudo quanto quero,
Desde eu bem pequenina
Que nas minhas brincadeiras
Sempre fui negra traquina
Não é hoje de andar
Sujeita a sua buzina;
É melhor que você ouça
O que Barrosa ensina
Que se assim não fizer
Será triste a sua sina.

(...)

NECO

Barrosa eu lhe acompanho,
No que me fez convidado
Cantando em oito linhas
Martelo aperfeiçoado;
Dizendo o que entender
E que souber do passado
Porque conheço de tudo
É por Deus determinado!

BARROSA

Quando eu era pequenina
Naquele tempo passado
Muita coisa que sofria
Por ser pobre o meu estado
O flagelo da pobreza
Do tempo precipitado,
Dizia para consolo:
É por Deus determinado!

(...)

BARROSA

Nesta nossa cantoria,
O mundo se estremeceu
Até os mortos ouviram,
Nos fundos dos mausoléus;
Com o abalo acabou-se
A raça dos fariseus
O mundo tem liberdade
E o infinito tem Deus!
Colega, Neco Martins
Aceita meu triste adeus!

Leandro Gomes de Barros

ROMANO E INÁCIO DA CATINGUEIRA

ROMANO

Romano quando se assanha,
Treme o norte, abala o sul,
Solta bomba envenenada,
Vomitando fogo azul,
Desmancha negro nos ares,
Que cai tornado até paul.

INÁCIO

Inácio quando se assanha,
Cai estrela, a terra treme,
O sol esbarra seu curso,
O mar abala-se e geme,
Cerca-se o mundo de fogo,
E o negro nada teme.

ROMANO

Inácio, tu me conheces
E sabes bem o que eu sou,
E tenho que te garantir,
Que à Catingueira inda vou,
Vou derribar teu castelo,
Que nunca se derribou.

(...)

INÁCIO

Se é por isso *seu* Romano,
Eu já peguei jacaré,
Arranquei-lhe logo as presas,
Soltei-o numa maré,
Pesquei baleia de anzol,
E tubarão de jereré.

ROMANO

Seja você o que for,
Eu vou sempre à Catingueira,
E hei de levar um marco,
Para cada costaneira,
Os de lá ficam dizendo
Lá se foi nossa ribeira.

INÁCIO

Quando for procure um padre
Que o ouça de confissão,
Deixe a cova já cavada,
Deixe recomendação,
Leve a rede onde há de vir,
E faça logo o caixão.

ROMANO

Veja o pobre desse negro,
Onde é que vem se socar,
No lugar mais apertado
Que o cristão pode encontrar
O diabo está com ele,
Quer agora o acabar.

INÁCIO

Eu lastimo *seu* Romano,
Ter hoje caído aqui,
Nas unhas de um gavião,
Sendo ele um bem-te-vi,
Já está se vendo apertado
Que só peixe no jiqui.

(...)

ROMANO

Meu negro, você comigo
Não pode contar vitória
Porque faço-lhe um serviço
Que ficará em memória,
Quebro-te as costas a pau
E as mãos com palmatória.

(...)

INÁCIO

Vossa mercê nessa terra,
Está na fama dos anéis,
Desde pequeno que canta,
Em quatro, em seis e em dez,
Mas amarre com as mãos
Que eu desmancho com os pés.

MÚSICA E POESIA

O poema negro entoou versos duros, leves e sutis e, assim, seduziu e engravidou a música popular brasileira e gerou com ela uma poesia impregnada de sentimentos, memórias, emoções e história. Uma poesia cheia de dor, saudade, festa, ritmos e segredos da luta por liberdade. "Pontos", poemas concretos, mensagens cifradas, coisa de negro... para negro, cantados em versos em qualquer lugar, e que ainda hoje assombram e encantam o nosso imaginário.

E para aqueles que ainda não sabem na poesia quem é quem, se a música é um poema, é um poema a música também; os velhos mestres do samba há muito têm ensinado e lá por volta dos anos 1930, do século passado, estabeleceram para julgamento das escolas de samba alguns quesitos e o mais destacado deles era a "poesia do samba". Pois é, eles não tinham dúvidas.

Lado a lado com os demais poemas, o poema negro canta e conta a história daqueles que o fizeram poema, antes, palavra falada, força vital e encantada, enfeitiçada. Sopro de vida e de morte. Coisa estranha, fascinante e sedutora, música que conquista o corpo. Cantigas poemizadas. Não de amigos e de amor, mas sim de civilizações escravizadas.

A música do poema negro encantou-se com a possibilidade de se reconhecer, contar e cantar para todos nós a história e a memória de um povo e seus diferentes modos de ver e viver a vida. Das cantigas de trabalho às canções de ninar, a cadência e a violência diária da labuta, ritmada com a dor, a esperança e a revolta que, com a noite, conspiravam. E o cantar também foi o som da luta.

O ritmo resistiu e revolucionou. Foi "vissungo", canção e letra que zombavam do senhor, noticiavam fugas. Eram metáforas da luta pela liberdade. Foi modinha e inaugurou a musicalidade brasileira na corte portuguesa, ainda no século XVIII, através do poeta e compositor carioca Domingos Caldas Barbosa, um mulato que também tocava "viola de arame".

O poema negro se fez cúmplice da resistência dos deuses africanos e sugeriu parceria entre orixás e santos europeus, sincretizando crenças nas cantigas e saudações religiosas. Foi luta urbana, quilombos de versos e prosas e resistência nas bandas de escravos a serviço do senhor.

O poema negro é o duplo, é a alma e o corpo, transformados em versos musicais, transbordando ritmos compassados, requebros rebolados que, malemolente, samba sobre a história oficial do Brasil e resgata o africano escravizado, num canto alegre e abusado que junta o combate à festa.

Nas festas de pés no chão, o poema negro se fez dança, cresceu canção. Misturando-se ao belo do outro, forjou, com a sua, belezas originais e se fez samba e revolucionou e fez a poesia romper fronteiras, ser rebeldia, o tempo todo, o dia a dia de tambores de couro e cores de sons penetrantes, ecos distantes de uma história tão próxima de "raças" sem democracia.

Os versos dos poetas compositores eram mensagens ousadas ou não, de um tempo em que os agentes de Deus escravizavam e matavam homens, em seu nome. As mulheres estavam condenadas ao silêncio e os poetas amavam a impossibilidade de amar. Apesar de tudo isso, o mulato Caldas Barbosa cantava, em meados do século XVIII, "menina, vamos amando,/ Que não é culpa o amar;/ o mundo ralha de tudo,/ É mundo, deixa falar" (...), e era ouvido na corte portuguesa.

Os versos cantados e destacados nos meios de comunicação sobre os negros no Brasil, durante muito tempo, procuraram mostrar a imagem exótica e erótica da mulata, transformando-a em símbolo sexual, reforçando estereótipos, e fixando preconceitos como em "o teu cabelo não nega, mulata, porque és mulata na cor, /mas como a cor não pega, mulata/ mulata, eu quero o teu amor", ou ainda: "Nega do cabelo duro/ Qual é o pente que te penteia,/Qual é o pente que te penteia, ô nega?" (...).

É a partir da segunda metade do século XX que a negritude amplia os versos musicais, um pouco depois das lutas dos negros africanos, na Europa, e dos direitos civis norte-americanos. Nesta época, um dos maiores artistas brasileiros, Wilson Simonal, fazia sucesso cantando o "Tributo a Martin Luther King", líder negro, norte-americano, assassinado. "Sim sou negro de cor/ meu irmão de minha cor/ o que te peço é luta sim/ luta mais, que a luta está no fim", composição de Simonal e Ronaldo Bôscoli. E era apenas o começo.

Ao mesmo tempo, nos subúrbios e periferias dos grandes centros urbanos, Jorge Benjor entusiasmava toda uma geração com "Crioula": "Dama linda, dama negra/ a rainha do samba, a dona da gafieira/ uma fiel representante brasileira". Benjor fez a cabeça e o corpo de muita gente se mexer, com o seu ritmo marcado e seus versos longos, melodiosos e cheios de informação. Poderíamos até dizer que em alguns, esse compositor poeta fez "pontos", como em (...) "Eu quero ver, quero ver,/Quando Zumbi chegar/ o que é que vai acontecer/ Zumbi é o senhor das guerras e senhor das demandas/ Quando Zumbi chegar é Zumbi quem manda".

Sabemos também que muitos compositores-poetas negros, assim como os que já apresentamos, na maioria das vezes fizeram poemas musicais, inspirados nas emoções e sentimentos humanos, os mais amplos, o que de maneira alguma os fazem menos negros, ao contrário, mostra-nos que, apesar da forte exclusão a que foram submetidos no pós-abolição, os negros continuaram a deixar as suas marcas e assim cristalizaram a presença negra na cultura brasileira. O compositor-poeta Nélson Sargento expressa isso nos versos "Samba agoniza, mas, não morre/ alguém sempre te socorre, antes do suspiro derradeiro/ samba, negro pobre destemido, foi duramente perseguido/ nas esquinas, no botequim, no terreiro" (...).

Outros revelam na poesia sonora e romântica um pouco da história do cotidiano de crianças brancas e negras e que vai se transformando com o tempo, cristalizando, no entanto, lugares sociais, como nos versos, a seguir, de "Morro velho", de Milton Nascimento e Fernando Brant (...) "quando volta já é outro (...)/ já tem nome de doutor/ e agora na fazenda é quem vai mandar/ e o seu velho camarada já não brinca, mas trabalha". Olhar para fora e afirmar a identidade de dentro, apontando caminhos, é o que faz Djavan quando canta "Soweto": "Kinshasa, Beirute, Maranhão/ o negro é que lute /pra poder sonhar/ em mudar isso aqui/ o poder tem tantas mãos" (...), um ano antes do centenário da abolição.

Tais são as marcas de uma sofisticação poética que realizam a informação histórica, lançando mão da estética, usando versos que evidenciam singularidades desses dois poetas-compositores negros.

Outros, com os versos, narram acontecimentos históricos e mostram no tempo e no espaço a presença negra, sombreada pela realidade, como fazem Nei Lopes e Wilson Moreira ao comporem para a Escola de Samba Quilombos — símbolo nos anos 1980 da resistência do samba, no Rio de Janeiro — "Ao povo em forma de arte", em que afirmam a majestade das culturas negras, cantando que (...) "Há mais de 40 mil anos/ a arte negra já resplandecia/ mais tarde a Etiópia milenar/sua cultura pelo Egito estendia" (...).

Todos sabemos que *as rosas não falam*. Entretanto, foi Cartola quem nos mostrou de onde vem o perfume que elas exalam, e, nos guiando por esse poema cheio de sonhos e sentimentos, faz-nos pensar na singularidade daquilo que é profundamente simples: o amor.

Sonhar é importante, mas não podemos esquecer dos versos de Seu Jorge, Marcelo Yuca e Ulisses Capelletti quando os nossos olhos se abrem para a vida que mesmo com toda a poesia "a carne mais barata no mercado é carne negra", verso primeiro da composição musical "A carne".

    Acreditamos que, talvez, somente um poema épico com tudo aquilo que o compõe pudesse, por meio de seus versos, contemplar essa legião de poetas compositores que habita o universo povoado de estrelas mais ou menos iluminadas, mais ou menos visíveis, mas todos fundamentais para contar a história de um povo, formado de povos, com histórias e aventuras de escandalizar deuses gregos e obrigar Odisseu a saudar Zumbi.

    Mas é o talvez que faz a diferença. Os poemas épicos são poemas e épicos e, agora sim, talvez possam virar samba-enredo e, submetidos à liberdade poética, se entrelaçarem às rimas e cadências que marcam a música popular brasileira, cuja matriz está na palavra falada, no coro e nas cores, impregnados de sopro vital, sons e sentidos dos deuses negros.

    Assim como os poemas, a música, por mais que queiramos, não conseguirá, em uma publicação da dimensão que tem esta, mostrar o universo musical negro brasileiro na sua totalidade, pretensão ingênua e romântica. De todos, mencionamos alguns e apresentamos outros, sabendo que todos não cabem e, portanto, alguns os representam, já que ninguém é ausência e todo mundo impossibilidade, embora sonho.

Os versos e as estrofes musicais falar-nos-ão sobre ausências e presenças. Movimentarão lembranças e, esperamos, constituirão história das noites e dos dias repletos de poesias e significados que nos permitam reler e rever o lugar das ausências históricas, mostrando o fundo negro que articula as presenças humanas, neste pedaço do planeta chamado Brasil.

Eduardo das Neves

O CREOULO

Quando eu era molecote,
Que jogava o meu pião,
Já tinha certo jeitinho
Para tocar violão.
Quando eu ouvia,
Com harmonia,
A melodia

De uma canção,
Sentia gatos
Que me arranhavam,
Que me pulavam
No coração.

Fui crescendo, fui aprendendo,
Fui me metendo na malandragem
Hoje sou cabra escovado,
Deixo os mestres na bagagem...

Quando hoje quero
Dar mão à lira
Ela suspira,
Põe-se a chorar.

As moreninhas
Ficam gostando
De ver o creoulo
Preludiar,

Entrei para a Estrada de Ferro
Fui guarda-freio destemido...
Veio aquela grande "greve"
Por isso fui demitido.

Era um tal chefe,
Que ali havia,
Que me trazia,
Sempre na pista;
Ah! não gostava
Da minha ginga;
Foi apontou-me
Como grevista.

Como é o filho de meu pae
Do Grupo dos Estradeiros
Fui pra quarta companhia,
Lá do Corpo de Bombeiros.

Na companhia
Stava alojado,
Todo equipado
De prontidão;
Enquanto esp'rava
Brado de fogo,
Preludiava
No violão.

Fui morar em São Cristovam,
Onde morava meu mestre...
Depois de ter minha baixa;
Fui p'ra companhia equestre.

Sempre na ponta
A fazer sucesso,
Desde o começo
Da nova vida;
Rindo e brincando,
Nunca chorando,
Tornei-me firma
Bem conhecida.

Não me agasto em ser creoulo;
Não tenho mao resultado,
Creoulo sendo dengoso,
Traz as mulatas de canto chorado.

Meus sapatinhos
De entrada baixa
Calça bombacha,
P'ra machucar;
As mulatinhas
Ficam gostando,
E se babando,
Co'o meu pisar

Fui a certo casamento...
Puxei ciência no violão,
Diz a noiva, pr'a a madrinha:
Este creoulo é a minha perdição.

Estou encantada,
Admirada,
Como ele tem
Os dedos leves
Diga-me ao menos
Como se chama?
— "Sou o creoulo
Dudu das Neves".

Pixinguinha e Gastão Viana

YAÔ

Akicó no tereno
Pelú adiê
Faz inveja pra gente (bis)
Que não tem munhé

No jacutá de preto veio
Tem uma festa de yaô u... (bis)
Tem filha de hogúm, de oxalá
de emanjá
Mucamba de oxóssa caçador
Ora viva nãnam, nãnam
Burocô...

Yôu... Yôu (bis)
No tereno de preto veio
Yáyá
Vamos saravá (bis)
(break) A quem meu pae?
Xangô...

Martinho da Vila

BRASIL MULATO

Pretinha, procure um branco
Porque é hora de completa integração
Branquinha, namore um preto
Faça com ele a sua miscigenação
Neguinho, vá pra escola
Ame esta terra
Esqueça a guerra
E abrace o samba

Que será lindo o meu Brasil de amanhã
Mulato forte, pulso firme e mente sã

Quero ver madame na escola de samba sambando
Quero ver fraternidade
Todo mundo se ajudando
Não quero ninguém parado
Todo mundo trabalhando
Que ninguém vá a macumba fazer feitiçaria
Vá rezando minha gente a oração de todo dia
Mentalidade vai mudar de fato
O meu Brasil então será mulato

Gilberto Gil

DE BOB DYLAN A BOB MARLEY
(UM SAMBA PROVOCAÇÃO)

Quando Bob Dylan se tornou cristão
fez um disco de *reggae* por compensação.
Abandonava o povo de Israel
e a ele retornava pela contramão

Quando os povos d'África chegaram aqui
não tinham liberdade de religião.
Adotaram Senhor do Bonfim:
tanto resistência, quanto rendição.

Quando hoje alguns preferem condenar
o sincretismo e a miscigenação
parece que o fazem por ignorar
os modos caprichosos da paixão.

Paixão que habita o coração da natureza mãe
e que desloca a história em suas mutações;
que explica o fato da Branca de Neve amar
não a um, mas a todos os sete anões.

Eu cá me ponho sempre a meditar
pela mania da compreensão.
Ainda hoje andei tentando decifrar
algo que li, que estava escrito numa pichação
que agora eu resolvi cantar
neste samba em forma de refrão.
"Bob Marley morreu
porque além de negro era judeu
Michael Jackson ainda resiste
porque além de branco ficou triste."

Paulinho da Viola

ZUMBIDO

Zumbido com suas negrices
Vem há tempo provocando discussão
Tirou um samba e cantou
Lá na casa da Dirce outro dia
Deixando muita gente de queixo no chão
E logo correu que ele havia enlouquecido
Falando de coisas que o mundo sabia
Mas ninguém queria meter a colher
O samba falava que negro tem é que brigar
Do jeito que der pra se libertar
E ter o direito de ser o que é

Moleque vivido e sofrido
Não tem mais ilusão
Anda muito visado
Por não aceitar esta situação
Guarda com todo cuidado
E pode mostrar a vocês
As marcas deixadas no peito
Que o tempo não quis remover
Zumbido é negro de fato
Abriu seu espaço
Não foi desacatado a troco de nada
Só disse a verdade sem nada temer

Itamar Assumpção

NEGO DITO

benedito joão dos santos silva beleléu,
vulgo nego dito, nego dito cascavé

eu me invoco, eu brigo
eu faço, eu aconteço, eu boto pra correr
eu mato a cobra e mostro o pau
pra provar pra quem quiser ver e comprovar

tenho sangue quente,
não uso pente, meu cabelo é ruim
fui nascido em tietê
pra provar pra quem quiser ver e comprovar

não gosto de gente,
nem transo parente, eu fui parido assim
apaguei um no paraná (pá, pá, pá, pá)

quando tô de lua
me mando pra rua pra poder arrumar
destranco a porta a pontapé

se tô tiririca,
tomo umas e outras pra baratinar
arranco o rabo do satã
pra provar pra quem quiser ver e comprovar

se chamá polícia,
eu viro onça, eu quero matar
a boca espuma de ódio
pra provar pra quem quiser ver e comprovar

eu vou cortar tua cara (sabe com quê?)
vou retalhá-la com navalha

Chico César

MAMA ÁFRICA

mama África (a minha mãe)
é mãe solteira
e tem de fazer mamadeira todo dia
além de trabalhar como empacotadeira
nas casas bahia

mama África tem tanto o que fazer
além de cuidar neném
além de fazer denguim
filhinho tem que entender
mama África vai e vem
mas não se afasta de você

quando mama sai de casa
seus filhos se olodunzam
rola o maior *jazz*
mama tem calo nos pés
mama precisa de paz
mama não quer brincar mais
filhinho dá um tempo
é tanto contratempo
no ritmo de vida de mama

VI. A FALA DOS ORGANIZADORES

ESTE LIVRO VALE POR MUITOS

A poesia é uma das formas de expressão mais significativas para nós, já que nos fala muitas coisas sobre nossa interioridade e sobre as simbologias coletivas que transcendem a vivência pessoal e nos proporcionam enriquecimento cultural. Mas a leitura de poesia pode oferecer dificuldades, principalmente para aquele que se aproxima do texto poético com a racionalidade de quem lê uma bula de remédio.

A primeira leitura de um poema deve ser musical e visual. A musicalidade dos versos e a visualidade de suas formas no papel são a porta de entrada para a compreensão do poema. Só após esse primeiro contato mais distraído com a poesia é que podemos focar outros aspectos da sua complexidade estrutural.

Mas, de que forma os sinais apreendidos pela sonoridade e pelo ritmo das palavras e sua aparência na folha de papel podem nos conduzir a interpretações mais profundas de seu conteúdo?

É por aí que entram duas coisas importantes: a curiosidade e a capacidade de interação de quem lê. A primeira, porque leva a perguntas e respostas como: Por que o poeta escreve dessa forma? Que palavras esquisitas são essas? Qual o significado dessa palavra ou expressão? A segunda, porque transforma o ato solitário num ato de compartilhamento de ideias e sensações. Afinal, ampliamos nossa percepção sempre que ouvimos respeitosamente o que o outro percebeu.

Até agora abordamos a leitura de poesia, independente de sua origem ou temática. Entretanto, este é um livro de poesias que tanto poetas quanto poemas dizem sobre o negro no Brasil. A importância e amplitude desse tema é tal que embora esse livro deva ser lido, primordialmente, como um livro de poesias, muitas outras leituras podem ser feitas e, nesse sentido, a organização cronológica e contextualização de cada núcleo é um poderoso auxiliar para que isso possa acontecer.

Podemos ler como um livro de *História*, quando encontramos em seus versos as marcas da escravidão no cotidiano do brasileiro ontem e hoje. Como um livro de *Geografia*, quando descobrimos sobre as intrincadas relações pessoais, políticas e culturais entre negros, brancos e índios na construção de um país chamado Brasil. Esse livro pode ser lido como um livro de *Ciência*, quando tentamos entender por que cientistas manipularam a análise de dados para justificar a teoria da "superioridade da raça branca (sic)".

Este livro pode ainda ser um magnífico livro de *Arte*, ao abrir caminho para a compreensão da arte brasileira por meio das inúmeras referências à música, à dança, ao teatro, às artes plásticas e à literatura resultante da mestiçagem cultural no Brasil.

Este é um livro que nos convida a descobrir o manto de invisibilidade que foi jogado sobre o negro e sua importante contribuição para a cultura brasileira.

Este livro fala de poesia e de nós brasileiros.

Maria Galas

Maria Da Betania Galas, Maria Galas, trabalha há mais de vinte anos desenvolvendo projetos nas áreas de artes plásticas e teatro. Cenógrafa e figurinista, trabalhou em espetáculos de sucesso como *O teatro de sombras de Ofélia* e *Histórias que o mundo conta*, ambos produzidos e encenados pelo Grupo Caldeirão.

Na educação, tem diversificado suas atividades dando aulas de artes plásticas para a rede particular de ensino de São Paulo e ministrando cursos e oficinas para jovens e adultos. Maria Galas é consultora de arte-educação do Museu Afro Brasil, onde se dedica à pesquisa, orientação e criação de projetos para o núcleo educativo do museu.

TRÊS SÉCULOS E UM POUQUINHO DE POESIA E POETAS NEGROS

Uma antologia só de poetas negros. Um verdadeiro quilombo de palavras. Quem diria... Uma, não a única, mas, como as outras, negramente rara. Tirando debaixo do tapete parte da produção literária dos séculos XVIII, XIX, XX e XXI, quando não varrida, excluída, na maioria dos casos, das páginas literárias que formaram e informaram gerações de brasileiros.

Esta é uma daquelas oportunidades que temos para entrar em contato com um mundo do qual fazemos parte sem saber. A poesia possibilita isso. Esfrega suavemente em nossas caras situações, sentimentos, sonhos e personagens. Fotografias de realidade.

Em um país como o nosso, onde ninguém é racista, mas todo mundo conhece um, um livro de poesias e poetas negros mostra o tamanho do nosso descaso com os que usaram também as letras como arma para a conquista da identidade e da liberdade e, ao mesmo tempo, sugere o que perdemos e/ou escondemos, em termos literários, desde um Luís Gama, passando por Lino Guedes, Solano Trindade e Oswaldo de Camargo e chegando até Elisa Lucinda, Cuti e Salgado Maranhão, entre outros, verdadeiros quilombolas da palavra.

A história e o tempo no Brasil têm o poder de clarear tudo o que as classes dirigentes acreditam ser bom e, portanto, de merecerem reconhecimento. Esta antologia, ao contrário, joga uma fascinante luz negra em nosso percurso literário. Ela apresenta uma divisão que mostra a intimidade dos poetas negros e suas poesias com a realidade da época.

Caldas de cobre, *Quem sou eu?*, "*À negrada distorcida*" e *Sou Negro* são expressões que marcam definitivamente a luta de todos os afrodescendentes ao longo dos três últimos séculos de nossa história, na conquista da liberdade e do resgate da identidade. Como outras poucas, esta antologia mostra a cara e a poesia de poetas empurrados à sombra, mas que apesar de tudo têm a forma e o conteúdo de um saber--querer-fazer negro.

A gênese da literatura é a palavra falada, aquela que cria realidades e brinca com a imaginação, reproduzindo realidade. O oral que reúne, que fascina e embala homens e mulheres de todas as cores, idades e culturas e que, além de beleza, expressa saber. Saber que o tempo desenhará em prosa e verso, contando e fazendo história.

No Brasil, o crime da escravidão e as suas consequências formarão o cenário singular que transformará em seres invisíveis aqueles cujo suor e sangue encharcaram os canaviais, as minas, as fazendas, enfim, a nossa história.

Aqui a palavra falada poucas vezes reservará ao negro lugar de destaque em nossa formação social. Seremos figuras de piadas, sujeitos da maldade, potencialmente criminosos, malandros, e, acreditem, depois de séculos de trabalho escravo, preguiçosos! Enfim, como diz o verso de Seu Jorge "A carne mais barata no mercado é a carne negra".

Por tudo isso, esta antologia não quer e nem pretende esgotar o tema. A produção literária dos afrodescendentes no Brasil tem o tamanho da sua participação na construção do país; a nossa pretensão é bem menor. Nessa viagem inicial, conseguimos reunir algumas poesias e poetas negros de quase três séculos de nossa história, não todos.

O que declamamos, declaramos e cantamos, ao virar poemas, são mais que denúncias, lamentos, rimas e ritmos. É um jogo de palavras em que as palavras não contam, o que conta é o que fomos, o que seremos e sabemos ser.

Esses alguns são exemplos do que fizemos e promessas que forjam, à força, nossas esperanças.

Luiz Carlos dos Santos

Luiz Carlos dos Santos nasceu no Rio de Janeiro, no dia 23 de setembro de 1952. É professor de Língua Portuguesa e Literatura da Escola Vera Cruz e do Centro Universitário Ibero-Americano, jornalista, mestre em Sociologia pela USP e consultor de História Oral do Museu Afro Brasil, em São Paulo. Milita no movimento negro desde os anos 1970 (SINBA – Sociedade de Intercâmbio Brasil África – RJ. NCN-USP/SP, CECUN -ES), desenvolvendo atividades na área de educação/suplência para jovens e adultos, educação de crianças de rua (Escola Oficina-SP). Trabalhou na Rádio JB, n'*O Fluminense*, *Berro da Baixada* e *Em Tempo* e participou do movimento político-poético POEMAÇÃO, realizado por poetas intelectuais cariocas no Museu de Arte Moderna do Rio de Janeiro, na década de 1970.

O QUE UM BRANQUELO ESTÁ FAZENDO AQUI?

Jovem leitor, eu tenho dois grandes motivos para estar aqui, nesta antologia de poetas negros:

O primeiro é que sou poeta e, mesmo sendo fanático por poesia, só agora, como um dos organizadores desta edição, é que descobri como é grande o universo poético dos negros brasileiros.

E o segundo é que tenho problema de DNA. Ou seja, Data de Nascimento Antiga.

Juntando os dois motivos, posso dizer algo terrível para vocês:

No que se refere à poesia negra brasileira, quase nada mudou nos últimos quarenta anos.

Na minha infância, já expondo minhas poesias em varal na praça pública de Sorocaba e publicando nos jornais locais, nunca conheci um poeta negro.

Na adolescência, já com meus primeiros livros publicados, nunca vi ou ouvi falar de um poeta negro.

Na mocidade, já liderando um jornal/movimento de 280 poetas contra a ditadura militar, nunca tive o prazer de publicar um poeta negro, exceto o falecido Arnaldo Xavier.

Na maturidade, depois de dezenas de livros e recitais, percorrendo todo o Brasil como parte de minha missão de poeta militante, é que venho a descobrir poetas negros incríveis como estes que estão nesta antologia.

E tem mais: só agora me contaram que Machado de Assis e Castro Alves, por exemplo, eram negros!

Mais um motivo, portanto, para este branquelo aqui ocupar este espaço para dar os parabéns a vocês, jovens leitores.

Vocês não irão ter de esperar, como eu, mais algumas décadas para tomar contato com a poesia negra brasileira!

Desconfio até que nem existe propriamente uma categoria chamada poesia negra brasileira.

O que existe é uma porção de negros supertalentosos que produz uma excelente poesia meio escondidinho, editando em tiragens pequenas, ainda confinados num gueto de um mundo cultural branco e preconceituoso.

Meu avô, que era espírita, dizia que devemos tentar corrigir o que fizemos de errado em vidas passadas, em outras encarnações, inclusive os erros de nossos antepassados.

Nesse ponto de vista, devo corrigir o que meus ancestrais brancos — ou eu mesmo, vai saber? —, tipo o bandeirante Raposo Tavares, fizeram de ruim para os negros.

E querem saber?

Estou feliz da vida em poder fazer isso!

E se você, jovem leitor, for negro, por favor, levante a cabeça e se orgulhe dos poetas de sua raça. Pesquise mais sobre eles. Divulgue. Espalhe para os amigos.

Você, depois desta antologia, já pode dizer de boca cheia e com orgulho que, entre outras qualidades, os negros também são capazes de fazer uma poesia de alta qualidade.

E isso, meu filho, te digo eu, não como branquelo, mas como poeta, não é coisa fácil nem coisa pouca não.

Ulisses Tavares

Ulisses Tavares nasceu em Sorocaba, SP, em 1950. Fez sua estreia literária em 1959, com a publicação de poemas em jornais de sua cidade. Além da literatura, com mais de 86 livros publicados em todos os gêneros, Ulisses atua como professor de criatividade aplicada à redação, propaganda e *marketing*. É também compositor, dramaturgo, roteirista de cinema e de televisão, especialista em *marketing* político e jornalista digital.

VII. NOTAS BIOGRÁFICAS

I. Caldas de cobre (século XVIII)

Domingos Caldas Barbosa

Filho de pai português e mãe africana, nascido no Rio de Janeiro, em 1740, assume, eventualmente, em sua *Viola de Lereno* (1798, t. 1 e 1826, t. 2) essa condição. Gozou da intimidade da corte de D. Maria I, em cujos salões introduziu as modinhas e lunduns brasileiros. Usou o pseudônimo de "Lereno Selinuntino" em sua poesia, despretensiosa e anunciadora do romantismo. Faleceu em Lisboa, em 1800.

Manuel Inácio da Silva Alvarenga

Filho de músico mestiço e pobre, nascido em Vila Rica, atual Ouro Preto, em 1749, educou-se no Rio de Janeiro e na Universidade de Coimbra. Tocava rabeca e flauta e conquistou com sua música imensa popularidade. Foi também professor de retórica e poética no Rio de Janeiro, onde viveu até o fim da vida. Publicou *O desertor das letras* (1774) e *Glaura* (1799).

II. Quem sou eu? (século XIX)

Gonçalves Dias

Em 1823 nasce, em Caxias, no Maranhão, o poeta Antonio Gonçalves Dias. Seus primeiros estudos foram feitos em São Luís, mas se formou em Direito, em Coimbra. Em 1849 funda o jornal literário *Guanabara*, em que Machado de Assis escreveu. Publicou, entre outros livros, *Primeiros cantos* (1846); *Segundos cantos* e *Sextilhas de Frei Antão* (1848). As notas predominantes de sua poesia são o nacionalismo e o indianismo, com destaque para o poema *"I Juca Pirama"*.

Luís Gama

Filho de africana com fidalgo baiano, nascido em 1830, é o primeiro a cantar em versos o amor por uma negra. É também destacado pelas estrofes satíricas. Como advogado, libertou mais de 500 escravos. Luís Gama inaugurou a imprensa humorística paulistana ao fundar, em 1864, o jornal *Diabo coxo*. Publicou *Primeiras trovas burlescas de Getulino*, em que se encontra a famosa sátira "Quem sou eu?". Faleceu em 1882.

Joaquim Maria Machado de Assis

Cronista, contista, dramaturgo, jornalista, poeta, novelista, romancista, crítico e ensaísta, Machado de Assis nasceu no Rio de Janeiro, em 1839, e aí faleceu, coberto de glória, em 1908. Filho de um pintor mestiço de negro e de uma portuguesa. Epilético, gago, autodidata, é considerado um dos maiores escritores do Brasil. Autor de obra numerosa, tendo fama universal o romance *Memórias póstumas de Brás Cubas*.

Antônio Cândido Gonçalves Crespo

Nasceu no Rio de Janeiro em 1846. Era filho de um negociante português radicado no Brasil e da negra Francisca Rosa. Aos catorze anos foi estudar em Coimbra, Portugal, onde colaborou com a revista *Folha*, ao lado de Guerra Junqueira, Antero de Quental e outros. No Brasil, suas poesias

"A sesta", "A negra", "A canção", "Ao meio-dia" e "As velhas negras" são referências históricas da criação poética realizada por escritores negros brasileiros. Faleceu em 1883.

Castro Alves

Em 1847, nasceu Antônio de Castro Alves, na fazenda Cabaceiras, a sete léguas da Vila de Curralinho, hoje cidade de Castro Alves. O que constituía o genuíno clima poético de Castro Alves era o entusiasmo da mocidade apaixonada pelas grandes causas da liberdade e da justiça — as lutas da Independência na Bahia, a insurreição dos negros de Palmares, o papel civilizador da imprensa, e acima de todas a campanha contra a escravidão. Faleceu em 1871. De Castro Alves: *Espumas flutuantes* (1870); *Gonzaga ou a Revolução de Minas* (1875); *Os escravos* (1883).

Cruz e Sousa

Nascido na cidade de Desterro (atual Florianópolis), em Santa Catarina, em 1861, era filho de escravos alforriados pelo Marechal Guilherme Xavier de Sousa, que com sua esposa o acolheu como filho. Foi educado na melhor escola secundária da região, mas com a morte dos protetores foi obrigado a largar os estudos e a trabalhar. Sofreu uma série de perseguições raciais, mas é considerado um dos maiores poetas brasileiros, graças sobretudo aos seus livros *Missal* e *Broquéis* (1893). Faleceu em 1898.

III. À "negrada distorcida" (século XX – até 1960)

Ascenso Ferreira

Ascenso Carneiro Gonçalves Ferreira nasceu em Palmares, PE, em 1895, e faleceu em Recife, PE, em 1965.

Começou a colaborar em jornais de Palmares e Recife em 1912. Em 1922 tornou-se colaborador dos jornais recifenses *Diário de Pernambuco* e *A província*. Dois anos depois, passou a escrever para os periódicos *Mauriceia, Revista do Norte, Revista de Pernambuco, A Pilhéria, Revista da cidade* e *Revista de antropofagia*. Para Manuel Bandeira, "os poemas de Ascenso são verdadeiras rapsódias do Nordeste, nas quais se espelha amoravelmente a alma ora brincalhona, ora pungentemente nostálgica das populações dos engenhos e do sertão". Com vocabulário próprio e elementos pitorescos, ganhou destaque no modernismo ao revelar singularidades da alma sertaneja com suas histórias de valentia, seus temores, suas crenças e seus humores. Publicou *Poemas*, 1953.

Lino Guedes

Nasceu na cidade de Socorro, interior paulista, em 1897, e faleceu em 1951, em São Paulo. Sua poesia é marcadamente irônica, com alguma dose de autocomplacência e apelos de afirmação racial bem-comportada. Foi jornalista, chegando a chefe de revisão do *Diário de São Paulo*. Publicou: *Canto do cisne preto, Ressurreição negra, Urucungo, Negro preto cor da noite, Vigília do Pai João, Mestre Domingos* e *Ditinha*.

IV. Sou Negro (século XX – até os dias atuais)

Solano Trindade

Nasceu em Recife, PE, em 1908, e faleceu no Rio de Janeiro, em 1974. Fez o curso propedêutico da Academia de Comércio de Recife. Foi operário, funcionário público federal, pintor, poeta, ator, teatrólogo e folclorista. Junto com sua esposa Margarida da Trindade, terapeuta ocupacional, e Edson Carneiro, sociólogo, fundou o Teatro Popular Brasileiro. Publicou: *Poemas de uma vida simples*, 1944; *Seis tempos de poesia*, 1958; e *Cantares ao meu povo*, 1961, entre outros. É, sem dúvida, um dos maiores poetas brasileiros.

Eduardo de Oliveira

Nascido em 1926, na cidade de São Paulo, este professor e advogado também foi vereador dos paulistanos. É autor da letra e música do *Hino treze de maio — Cântico da Abolição*. Sua poesia também se inspira nos valores da negritude. Publicou, entre outros livros, *Além do pó*, 1958; *Banzo*, 1964 e *Gestas líricas da negritude*, 1967. Em suas poesias, resgata os valores da cultura e memória africanas.

Oswaldo de Camargo

Nasceu em Bragança Paulista, SP, em 1936, é filho de apanhadores de café. Poeta paulista, na adolescência foi seminarista.

Também é músico, jornalista e romancista. Autor de extensa obra, de poesia, passando por prosa de ficção, antologias e artigos. Alguns títulos publicados: *Um homem tenta ser anjo*, 1959; *15 poemas negros*, 1961; e *O carro do êxito*, 1972.

Oliveira Silveira

Oliveira Ferreira da Silveira nasceu em Touro Passo, RS, em 1941. Vive em Porto Alegre e é professor. Publicou *Germinou*, 1962; *Poemas regionais*, 1968; *Banzo, Saudade negra*, 1970; *Décima do negro peão*, 1974; *Praça da palavra*,

1976; *Pelo escuro*, 1977; *e Roteiro dos tantãs*, 1981; todas obras de poesia, Edição do Autor, Porto Alegre, RS.

Conceição Evaristo

Nasceu em Belo Horizonte, MG, em 1946, e desde 1973 reside no Rio de Janeiro. Formada em Português e Literatura pela UFRJ, é mestre em Literatura Brasileira pela PUC/RJ e doutoranda em Literatura Comparada na UFF. Entre 1996 e 2000, Conceição esteve como palestrante nas cidades de Viena e de Salzburg, na Áustria, em Mayaguez, Porto Rico, e em Nova York, nos EUA, falando sobre literatura afro-brasileira. Poetisa, contista, romancista e ensaísta, Conceição Evaristo, além de participar de atividades acadêmicas, tem marcado sua presença nos movimentos sociais, notadamente nos que se relacionam com a luta dos afrodescendentes. Seus primeiros trabalhos surgem, em 1990, na coletânea *Cadernos Negros*, do Grupo Quilombhoje, de São Paulo. Seu romance *Ponciá Vicêncio* é de 2003.

Adão Ventura

Adão Ventura Ferreira Reis nasceu em Serro, MG, em 1946. Advogado, foi professor de Literatura Brasileira na *The University of New México* (USA).

Publicou os seguintes livros de poesias: *Abrir-se um abutre ou mesmo depois de deduzir dele o azul*, 1970; *As musculaturas do Arco do Triunfo*, 1981; e *A cor da pele*, também de 1981, que alcançou várias edições. Faleceu em 2004.

Geni Mariano Guimarães

Nasceu em São Manuel, interior de São Paulo, em

1947. É professora e jornalista. Publicou os seguintes livros de poesias: *Terceiro filho*, 1979 e *Da flor o afeto, da pedra o protesto*, 1981. Seu poema "Negritude" foi traduzido por Christa Frosch-Asshauer e Moema Parente Augel e publicado na "IKA – Zeitschrift für Kulturaustausch und internationale Solidaritat", Nº 25, maio de 1984, República Federal Alemã.

Arnaldo Xavier

Nasceu na Paraíba, em 1948. Lá, começou a polemizar e a escrever poesia. Em 1969 veio para São Paulo, onde fez poesia e trabalhou na Companhia de Engenharia de Tráfego, da prefeitura. *Manual de sobrevivência do negro* e *A rosa da recusa* são alguns de seus trabalhos. Faleceu em 2004.

Elisa Lucinda

Nasceu em Vitória, ES, em 1948, onde se formou em jornalismo e chegou a exercer a profissão. Em 1986, mudou-se para o Rio de Janeiro, disposta a seguir a carreira de atriz. Trabalhou em algumas peças, como *Rosa, um musical brasileiro*, sob direção de Domingos de Oliveira, e *Bukowski, bicho solto no mundo*, sob direção de Ticiana Studart. Integrou, ainda, o elenco do filme *A causa secreta*, de Sérgio Bianchi. Publicou *O semelhante*, pela Record, em 2000.

Paulo Colina

Nasceu em 1950, em Colina, SP. Publicou *Fogo cruzado* (contos), 1980 e *Plano de voo* (poesia). Participou das coletâneas *Cadernos Negros* 2 e 3, de contos e de poesia, respectivamente, Edição dos Autores, São Paulo, 1979 e 1980.

Organizou e participou de *Axé — Antologia contemporânea da poesia negra brasileira*, Global Editora, São Paulo, 1982. Recebeu o Prêmio APCA — Associação Paulista de Críticos de Artes — de Literatura, na categoria de melhor livro de poesias do ano, além de ter dirigido a UBE — União Brasileira de Escritores. Faleceu em 1999.

Cuti

Pseudônimo de Luiz Silva, nasceu em Ourinhos, SP, em 1951. Formou-se em Letras, Português-Francês, pela Universidade de São Paulo em 1980. É mestre em Teoria da Literatura pelo IEL — Instituto de Estudos da Linguagem —, Unicamp (1999) e doutorando na mesma instituição. Foi um dos fundadores e membros do Quilombhoje-Literatura, de 1983 a 1994, e um dos criadores e mantenedores da importante série *Cadernos Negros*, de 1978 a 1993. Publicou, entre outros livros, *Negros em contos*, *Dois nós na noite* (teatro) e *Sanga* (poesia).

Hélio de Assis

Nasceu em 1952, no Rio de Janeiro. É poeta, teatrólogo e argumentista. Participou do grupo "Negrícia Poesia e Arte de Crioulo". Fundou e presidiu a CAIS — Cooperativa dos Artistas Independentes dos Subúrbios —, em 1979. Participou da revista *Semente* e do grupo de teatro "Cara e Coragem". *Boi jeans* (cordel urbano) e *No bloco das piranhas*, ed. do autor, são as suas primeiras publicações. Atualmente, é diretor sóciocultural do grupo "Agbara-Dudu" e coordenador de animação cultural no Município do Rio de Janeiro.

Éle Semog

Luiz Carlos Amaral Gomes nasceu no Rio de Janeiro, em 1952. Fundou o Grupo Negrícia — Poesia e Arte de Crioulo. Publicou as obras de poesia *O arco-íris negro*, 1979, e *Atabaques*, 1984, ambas em coautoria com José Carlos Limeira.

Além de diversas antologias nacionais e internacionais, tem poemas e contos publicados nos *Cadernos Negros*. Seus principais livros individuais são *Curetagem — poemas doloridos* e *A cor da demanda*.

Salgado Maranhão

José Salgado Santos nasceu no Maranhão, em 1953. Letrista consagrado e poeta, ainda adolescente mudou-se com os irmãos e a mãe para Teresina, no PI. Escreveu artigos para um jornal local e conheceu Torquato Neto, que o incentivou a ir para o Rio de Janeiro. Em 1977, em parceria com Vital Farias, compôs a música-tema do filme *Curral das maravilhas*, de Jonas Bloch. Publicou cinco livros de poesia e ganhou o prêmio UBE — União Brasileira de Escritores —, em 1998, e o Jabuti, em 1999.

Deley de Acari

Nasceu no Rio de Janeiro em 1954. É poeta, animador cultural e fundador do grupo "Negrícia Poesia e Arte de Crioulo" e foi diretor cultural do Granes Quilombo. Responsável pelos enredos: *Solano Trindade*, *Ao povo em forma de arte*, *Quilombos 300 anos* e *Luís Gama, o poeta da Carapinha*. Líder comunitário da favela de Acary, é atualmente dinamizador do movimento *hip-hop* da periferia e orienta uma oficina da palavra em presídios, junto ao movimento sem-terra e escolas comunitárias. Participou das publicações *As cores de Acary*, Ed. Universitária, 1999, e *Um século de favelas*, FGV-2001.

Márcio Barbosa

Nasceu em 1959, em São Paulo. É um dos coordenadores do Quilombhoje-Literatura. A poesia tem força e significação para Márcio, que também é pesquisador. Recentemente, teve um dos seus textos publicados na antologia *Os cem melhores contos brasileiros do século*. Além de publicações continuadas nos *Cadernos Negros*, é autor do livro *Semeando — poesia*, de 1983.

Edson Robson Alves dos Santos

Nasceu em São Paulo, em 1963. É advogado, formado pela Faculdade de Direito de Osasco (UNIFIEO). Em 1981, foi ativista do Centro Afro-Brasileiro André Rebouças de Carapicuíba, e é membro-fundador do Movimento Negro de Carapicuíba — Francisco Solano Trindade. É professor de capoeira, tendo recebido a graduação de formado do Grupo de Capoeira Ilê. Atualmente, é colaborador da Comissão do Negro e Assuntos Antidiscriminatórios da OAB/SP. Participou dos *Cadernos Negros* n°s 25 e 27 (2002 e 2004), organização do Quilombhoje-Literatura.

Edimilson de Almeida Pereira

Nasceu em Minas Gerais, em 1963. Licenciado em Letras pela Universidade Federal de Juiz de Fora (UFJF). Poeta, ensaísta, professor de Literatura Brasileira e Portuguesa nesta instituição. É mestre em Literatura Portuguesa pela Universidade Federal do Rio de Janeiro (UFRJ), mestre em Ciência da Religião pela UFJF e doutor em Comunicação e Cultura pela UFRJ. Publicou, entre outros livros, *Árvore dos arturos* e *Águas de contendas*, de 1998.

Luís Carlos de Oliveira

Nasceu em Minas Gerais, em 1965, e reside em Salvador desde 1984. Estuda Ciências Contábeis na Universidade do Estado da Bahia. Edita poesias em *site* próprio (http://www.geocities,com/Athens/Agora/5477) e participa do grupo de *e-mails* Letras & Cia.

Denise Parma Schuiten

Nasceu no Piauí, em 1973. Casada com holandês, mora há cinco anos na Holanda. Incentivada pela mãe, desenvolveu desde muito cedo o gosto pela leitura. Começou a escrever poesias ainda na adolescência, mas, temendo que alguém chegasse a lê-las, destinava-lhes as gavetas dos armários. De uns tempos para cá, mudou de ideia e resolveu mostrá-las aos interessados. É representante da REBRA — Rede Brasileira de Escritoras Brasileiras — na Holanda.

Cristiane Sobral

Nasceu no Rio de Janeiro, em 1974, e reside em Brasília desde 1990.

Como escritora, possui poemas e contos publicados na antologia *Cadernos Negros* edições 23, 24 e 25. Em 1998, graduou-se como a primeira atriz negra habilitada em Interpretação Teatral pela Universidade de Brasília.

Ferréz
Tem 28 anos, é morador do bairro do Capão Redondo, Zona Sul de São Paulo, e cursou somente até o terceiro colegial. Escreveu os livros *Fortaleza da desilusão* (poesia), *Capão pecado* e *Manual prático do ódio* (romance). É colunista da revista *Caros Amigos*, e fundador do 1DASUL — Movimento de Resistência no Capão Redondo.

José Carlos Limeira
Nasceu na Bahia, em 1951. Publicou e editou os livros de poesia *Lembranças*, 1971, *Zumbidos*, 1972, *O arco-íris negro*, 1979, e *Atabaques*, 1984, ambos em parceria com Éle Semog. Participou de AXÉ — antologia contemporânea da poesia negra brasileira — da Global Editora, 1982. Tem poemas traduzidos e publicados em revistas dos EUA e República Federal Alemã.

Maria da Paixão
Maria da Paixão de Jesus nasceu em Bocaiuva, Minas Gerais, em 1953. Tem poemas publicados nos *Cadernos Negros* e na *Breve antologia temática* inserida em *O negro escrito*, organizada por Oswaldo de Camargo.

Miriam Alves
Natural de São Paulo. Assistente social e pesquisadora de literatura negra, foi integrante do Quilombhoje-Literatura. Organizou e co-editou a antologia bilíngue (português/inglês) *Finally us. Contemporary black brazilian women writers*, de poemas, publicada no Colorado, EUA, em 1995. Atualmente,

tem feito palestras e declamações performáticas em cidades do Brasil e dos EUA.

Ronald Augusto
Nasceu no Rio Grande do Sul, em 1961. Poeta, músico, letrista e crítico de poesia, é autor, entre outros, de *Homem ao rubro*, 1983; *Puya* e *Kânhamo*, ambos de 1987, e *Vá de valha*, 1992.

Severino Lepê Correia
Nasceu em Pernambuco. Jornalista, conferencista, escritor, poeta, radialista, professor, psicólogo, pós-graduado em História pela UFPE, mestre em Teoria Literária, cultuador de Orisá, pesquisador e estudioso da Tradição e Filosofia Afro, tem poemas e contos publicados no Brasil, nos EUA e na Alemanha. É autor do livro *Caxinguelê — Poemas de negritude*, em homenagem ao poeta Solano Trindade.

Sidney de Paula Oliveira nasceu em São Paulo. É advogado, formado pela Faculdade de Direito da Universidade Mackenzie, e, atualmente, bacharelando em Letras pela Universidade de São Paulo. Procura, no fazer poético, enaltecer as conquistas do seu povo e reverenciar a mulher negra.

V. O Negro no Cordel e na Música Popular Brasileira

Inácio da Catingueira
Negro escravo do fazendeiro Manuel Luiz, foi um cantador lendário que habitou e ainda habita o imaginário de todos os cantadores. Foi o único repentista que conseguiu vencer

Romano da Mãe D'Água em oito dias de cantoria na lendária peleja que aconteceu em Patos, PB — "a peleja-mãe de todas as pelejas". O grande repentista negro nasceu no dia de Santo Inácio Loyola, em 31 de julho, na fazenda e povoação de Catingueira, perto de Teixeira, Ribeira do Piancó, PB, e aí faleceu, sexagenário, em fins de 1879.

Zé Pretinho

Pouco se sabe da vida de Zé Pretinho, o maior repentista do Piauí. Segundo Firmino Teixeira do Amaral, o Cego Aderaldo, ele seria natural de Tucum, PI, e sua fama se espalhou por todo o Nordeste. A famosa peleja, transformada em folheto de cordel pelo próprio Firmino, teria ocorrido em 1916 na cidade de Varzinha, PI.

Xica Barrosa

Francisca Maria da Conceição nasceu na Paraíba, em meados de 1910. Ficou conhecida como a genial repentista negra que desafiou um homem branco, fazendeiro, Manuel Martins de Oliveira (Neco), também conhecido repentista, para um duelo na Fazenda São Gonçalo. Pouco se sabe da poeta paraibana, já que seus versos sobreviveram graças ao povo que a admirava e que ajudou a preservar sua memória contando e divulgando suas façanhas.

Eduardo das Neves

Eduardo Sebastião das Neves, palhaço, poeta, cantor, compositor e violonista, nasceu em 1874, no Rio de Janeiro, e aí faleceu em 1919. Em 1895 tornou-se palhaço e cantor, apresentando-se em circos e pavilhões. Nessa profissão percorreu vários estados brasileiros. A partir de 1906, igualmente a Bahiano, Mário Pinheiro, Cadete e Nozinho, era cantor contratado da Casa Edison. Seu extenso repertório versava cançonetas, chulas, canções, lundus e modinhas. Ficou conhecido também como Palhaço Negro, Diamante Negro, Dudu das Neves e Crioulo Dudu.

Pixinguinha

Nasceu em 1897, no Rio de Janeiro. Músico desde os 14 anos de idade, Alfredo da Rocha Viana chegou a fazer mais de duas mil composições. Músico extraordinário, ao morrer em fevereiro de 1973 deixou uma legião de discípulos e admiradores pelo Brasil afora. "Carinhoso" e "Rosa", entre outras composições, se destacam na lista de suas criações musicais.

Martinho da Vila

Martinho José Ferreira nasceu no Rio de Janeiro, em 1938, e foi criado na Serra dos Pretos Forros. Esse cidadão carioca também foi químico e sargento do Exército. Em 1970 se tornou cantor profissional. Compositor que passeia pelos ritmos brasileiros, Martinho da Vila escreve e canta samba e samba-africano, entre outros ritmos da cultura popular. Em 2000, concretizou a apresentação do Concerto Negro, no Teatro Municipal do RJ.

Gilberto Gil

Gilberto Passos Gil Moreira nasceu na Bahia, em 1942. É, sem dúvida, um dos maiores nomes da Música Popular Brasileira e também um de seus inovadores, com o Tropicalismo. Sua relação com a música tem início aos nove anos quando começa a tocar acordeom. De lá para cá, o cantor e compositor não parou de criar. Os versos de suas composições têm a beleza e a profundidade necessárias e as inquietações do cidadão e do artista estão sempre presentes em suas canções.

Paulinho da Viola
Nasceu em 1942. É considerado um dos compositores de samba mais requintados. Cresceu no Rio de Janeiro ouvindo, de perto, músicos como Pixinguinha e Jacob do Bandolim. Em 1962, compôs o seu primeiro samba e, a partir daí, Paulinho da Viola mostra a força e a suavidade de letras e melodias que o consagram com sucessos que já são verdadeiros clássicos da Música Popular Brasileira.

Itamar Assumpção
Nasceu em Tietê, interior de São Paulo, em 1949, e desde cedo ouvia música de terreiro de candomblé, devido à sua descendência de escravos angolanos. O cantor mudou-se para São Paulo em 1980, onde gravou seu primeiro disco, (*Beleléu, leleu, eu*) e, posteriormente, gravou outros discos e CDs, vindo a falecer em 2003, vítima de complicações causadas por um tumor.

Chico César
Nasceu na Paraíba em 1964. Aos oito anos começou a trabalhar em uma loja de discos; aos 16, foi para João Pessoa. Lá, estudou jornalismo, participou de grupos de poesias de vanguarda e melhorou o seu conhecimento de violão e começou a compor. Está em São Paulo desde os 21 anos. Com o CD *Beleza mano*, deu um mergulho na cultura negra.

VIII. REFERÊNCIAS BIBLIOGRÁFICAS

A razão da chama — Antologia de poetas negros brasileiros / Seleção e organização de Oswaldo de Camargo; colaboradores Paulo Colina e Abelardo Rodrigues — São Paulo: GRD, 1986, 2ª edição.

Biblioteca Luso-Brasileira/Série Brasileira — *Gonçalves Dias/ Poesia e prosa completas* / Organização de Alexei Bueno; ensaio biográfico de Manuel Bandeira. Rio de Janeiro: Nova Aguilar, 1998, 1ª edição.

Biblioteca Luso-Brasileira/Série Brasileira — *Castro Aves/ Obra completa* / Introdução geral de Alexei Bueno, Afrânio Coutinho, Afrânio Peixoto e Eugênio Gomes. Rio de Janeiro: Nova Aguilar, 1997. Edição Comemorativa do Sesquicentenário.

O negro escrito/Oswaldo de Camargo: Imprensa Oficial do Estado S.A IMESP, 1987.

Poesia negra brasileira / Antologia — Organizado por Zilá Bernd e prefácio de Domício Proença Filho. Rio de Janeiro: Instituto Cultural do Livro / Editora IGEL, 1992.

Brasil sonoro — Mariza Lira — Rio de Janeiro, s/d.

Negras memórias, Memórias de negro / O imaginário luso--afro-brasileiro — Catálogo da exposição / Curadoria e projeto museográfico — Emanoel Araújo — Textos de vários autores. Paço das Artes, Belo Horizonte, 2003.

Textura afro/Adão Ventura — Belo Horizonte: Editora Lê, 1997, 2ª edição.

O semelhante / Elisa Lucinda – Rio de Janeiro: Ed. Record, 2003, 4ª edição.

Águas de contendas, Poesias de Edimilson Almeida Pereira, 1998.

Kianda, Poesias de Edimilson Almeida Pereira, 1988.

Cordel, Neco Martins, Coleção da Editora Hedra.

Contramão, Poemas de Aristides Klafke, Arnaldo Xavier, Celso L. Marangone, Lúcia Villares, Maurício Merline, Tadeu Gonçalves e Ulisses Tavares / São Paulo: Editora Pindaíba, 1978.

Glaura: poemas eróticos, de Manuel Inácio da Silva Alvarenga, publicado pela primeira vez em Lisboa, 1799.

O poeta do povo, de Solano Trindade. São Paulo: Cantos e Prantos Editora, 1999.

O estranho, de Oswaldo de Camargo. São Paulo: Roswitha Kempf/Editores, 1985.

Sanga, de Cuti. Belo Horizonte: Mazza Edições Ltda, 2002.